Zu diesem Buch

«Sie wurde Pomme, Apfel, genannt, weil sie runde Wangen hatte.» Sie war vielleicht nicht wirklich schön, aber voller Liebreiz, scheu, graziös. Pomme, das Mädchen aus der Provinz, ist nach Paris gekommen und absolviert ihre Lehre in einem mondänen Friseursalon, gleichgültig gegenüber dem Getue der mit Juwelen behangenen Kundinnen. Pomme ist achtzehn und fast noch ein Kind – oder scheint es nur so? Marylène, ihre lebenshungrige Kollegin, für die das Leben aus schicken Kleidern und Herren mit grauen Schläfen besteht, nimmt sie unter ihre Fittiche. Gemeinsam fahren sie ans Meer. In einer Eiskonditorei lernt Pomme den jungen Aimery de Béligné kennen. Er ist Student, schüchtern wie sie, aber er stammt aus einer vornehmen Familie und ist schrecklich gebildet. Ihre gemeinsame Unerfahrenheit zieht sie wechselseitig an. Die Ferien gehen zu Ende, sie kehren nach Paris zurück und beschließen, in dem kleinen Zimmer des Studenten zusammen zu leben. Pomme kocht, putzt und sorgt für ihn, während er seinen Studien nachgeht. Aber ihre erste Liebe enthält für beide den Keim eines scheinbar vorgegebenen Mißverständnisses. Während er etwas aus ihr machen will, nimmt er ihren inneren Reichtum überhaupt nicht wahr. Das einfache Lehrmädchen und der beflissene Student finden keine gemeinsame Sprache. Pomme existiert auf eine andere Art; wie «Die Spitzenklöpplerin» von Vermeer van Delft – einem Künstler, der Stilleben malte. Aimery versteht sie nicht, vielleicht aus Unerfahrenheit, vielleicht aus Hochmut. Pomme kann dem Jargon seiner intellektuellen Freunde nicht folgen. Sie kehrt zu ihrer Mutter zurück. Aber sie verwindet ihre Enttäuschung nicht. Pomme zerbricht an einer Welt, die ihre Stärke als Schwäche ansieht. Die Geschichte eines einfachen Herzens endet tragisch.

Pascal Lainés ebenso empfindsamer wie realistischer Roman wurde 1977 von dem Schweizer Claude Goretta mit Isabelle Huppert in der Titelrolle verfilmt und eines der schönsten Kinoereignisse der letzten Jahre.

Pascal Lainé, geboren 1942 in Anet, ist Professor in Paris. Er veröffentlichte «B comme Barrabas» (1967), «Irrevolution» (1977) und «La Femme et ses images» (1974). Für «Die Spitzenklöpplerin» erhielt er 1974 den angesehensten französischen Literaturpreis, den Prix Goncourt.

Pascal Lainé

Die Spitzenklöpplerin

Deutsch von Eva Schewe

Rowohlt

Die Originalausgabe erschien unter dem Titel «La Dentellière»
im Verlag Gallimard, Paris

1.–18. Tausend Dezember 1978
19.–38. Tausend Januar 1979
39.–50. Tausend Juli 1980

Veröffentlicht im Rowohlt Taschenbuch Verlag GmbH,
Reinbek bei Hamburg, Dezember 1978
«La Dentellière» Copyright © 1974 by Gallimard, Paris
Für die Übersetzung © Verlag Neues Leben, DDR-Berlin 1976
Umschlagentwurf Manfred Waller unter Verwendung des
Plakatmotivs zu dem gleichnamigen Film (Filmverlag der Autoren)
Die Fotos im Innenteil sind ebenfalls aus diesem Film
Satz Garamond (Linotron 505 C)
Gesamtherstellung Clausen & Bosse, Leck
Printed in Germany
480-ISBN 3 499 14360 7

Da merkte er, wie gut er es noch immer hatte, der sich ausdrücken konnte, und Tonka konnte es nicht. Und in diesem Augenblick erkannte er sie ganz klar. Eine mitten in einem Sommertag allein niederfallende Schneeflocke war sie.

Robert Musil, Tonka

I

Die Geschichte beginnt in jenem nordfranzösischen Departement, das auf der Landkarte die Form einer Zuckerrübe hat.

Wenn im Winter jemand mit dem Auto ankam, dann stieß er auf eine Aufblähung, eine Beule am Horizont; auf das immerwährende Ende des Tages, auf die knorrige Nacktheit der Bäume am Feldrain.

Die niedrigen Gebäude des Dorfes sind aus Backsteinen errichtet. Zwischen den beiden Häuserzeilen schrumpft die Chaussee zusammen, und trotz der asphaltierten und vom Regen gewöhnlich blankgewaschenen Bürgersteige wirkt sie wie eine Dorfstraße. Die Autos hinterlassen eine doppelte Furche im Schlamm der zerquetschten Zuckerrüben. Die Lastwagen ebenfalls.

Aus dem Schultor quellen die kleinen Kinder, die Kapuzen über den Kopf gezogen; das geringfügige Durcheinander verliert sich jedoch schnell wieder und wird zu beiden Seiten der Fahrbahn und der Rübenspritzer in geordnete Bahnen gelenkt. Ansonsten ist es den Winter über ruhig im Dorf. Abends streichen die Hunde aus einem Dunkel ins andere. Mitunter das leise Surren eines Fahrrades, spürbarer Druck der Stille, die durch den jeweils weiteren Abstand der vertrauten Stöße des Fahrrades allmählich tiefer wird.

Es war ein Arbeiterdorf, aber die Fabrik hatte ihre Tätigkeit eingestellt. Nur ein Gerippe aus Mauersteinen und Eisen war von ihr übriggeblieben.

Im Sommer war es etwas lustiger. Die Sonne schien lange, und die Chaussee war sauber. In den kleinen Gärten wuchsen Kartoffeln. Die Wäsche wurde zum Trocknen nach draußen gehängt. Zwischen den Häusern zogen sich von leeren Flaschen gesäumte Pfade entlang. Abends, wenn die Leute aus dem Autobus stiegen, der sie von der Arbeit aus der Stadt zurückbrachte, verweilten sie noch etwas. Sie ließen sich von der Sonne wärmen, die bald in die Abendröte über der Nationalstraße eintauchen würde. Die Nacht brach herein. Der Himmel nahm die Farbe von frischem Zement an und wurde zur ebenen Wand, an der die bauchige Glocke des Mondes hing.

Gegen halb acht ging man ins Haus, um fernzusehen.

Für die Kinder war dies die Zeit der großen Ferien auf den Bürgersteigen und der mehr oder weniger heimlichen Spiele hinter den Häuserecken.

Am Schnittpunkt der Nationalstraße und einer Departementsstraße lag ein Platz. Die Nationalstraße war übergeordnet. Dort stand die Kirche. Und das von Bänken umgebene Kriegerdenkmal. Bei schönem Wetter kamen die alten Leute hierher. Sie saßen friedlich und zusammengeschrumpft auf den Bänken, strickten oder lasen Zeitung. Und da waren auch zwei, drei Mädchen, fast immer dieselben. Sie hockten an der Nationalstraße und blickten den vorbeifahrenden Autos und Lastwagen nach. Eine von ihnen war Pomme.

Hier nun eine Beschreibung des Hauses, in dem Pomme mit ihrer Mutter lebt. Zuerst ein großes Zimmer mit einem ziemlich langen, weißgestrichenen Tisch. Auf dem Tisch – wegen des chlorhaltigen Wassers – eine Wachstuchdecke mit gelben Rosen (mit verwischten gelben Flecken, die die Blätter des Straußes sein sollten; mit eingebrannten Zigarettenlöchern, die nicht zu dem Dessin gehörten).

Dazu gestrichene Stühle, die zu dem Tisch paßten, und andere, die nicht dazu paßten. Ein Geschirrschrank.

Sie mochten sich in der Stube einschließen und den Ofen glühen lassen, sie mochten sich sogar Pantoffeln anziehen, einen Morgenrock; wegen der Erschütterungen fühlten sie sich stets in unmittelbarer, fast greifbarer Nähe der gewaltigen Räder der Lastwagen. Draußen, ein paar Meter entfernt, donnerten sie vorbei. Aus diesem Grund haftete dem Haus eine ich weiß nicht was für eine Halboffenheit an, wie einem Fußsteig am Straßenrand.

Zu beiden Seiten grenzte an dieses Zimmer, das der hauptsächliche Schauplatz sein wird, ein kleineres. Im ersten ein Spiegelschrank und ein Bett, eine weiche Mulde, aus der sich die Träume, wie es heißt, ohne Umschweife in die Gosse ergießen mußten. Am Fußende des großen Bettes ein Kinderbett mit Gitterstäben. Die Stäbe aus verchromtem Eisen waren stellenweise verrostet.

Pomme schlief in dem zweiten Zimmer, das man nicht mehr renoviert hatte, seit sie für das Gitterbett zu groß geworden war.

Sie wurde Pomme, Apfel, genannt, weil sie runde Wangen hatte. Ihre Wangen waren auch sehr glatt, und wenn man in ihrem Beisein von diesen Wangen sagte, wie glatt und wie rund sie wären, dann bekamen sie sogar ein bißchen Farbe.

Sie hatte noch andere Rundungen, jetzt, wo in Ermangelung eines Dichters, der in dieser ganzen Geschichte leider nicht vorkommt, die Dorfjungen ein Obstkörbchen wahrzunehmen begannen.

Aber Pomme brauchte keinen Dichter, um auf ihre Weise harmonisch zu sein. Sie war vielleicht nicht wirklich schön. Sie hatte nicht jene interessante Zerbrechlichkeit der ganz schlanken jungen Mädchen, deren Haut vom bloßen Ansehen frisch und durchscheinend wurde. Im Gegenteil, ihre Hand saß, zwar nicht plump, aber festgefügt, am Gelenk, dieses am Arm und so fort, aller Wahrscheinlichkeit nach.

Fülle ist nicht das passende Wort für ein Mädchen in diesem Alter (sagen wir vierzehn), dennoch machte dieses Kind sofort den Eindruck von Fülle: ob sie nun beschäftigt war oder saß oder regungslos dalag und träumte; ob sie die Augen geschlossen und die Lippen halb geöffnet hielt und ihr Geist aus ihr gewichen war und irgendwo vor sich hin dämmerte; die Gegenwart ihres Körpers beherrschte den ganzen

Raum. Pomme war geradezu vollendet, dabei völlig einheitlich, von ungewöhnlicher Dichte. Auch ihre Seele mußte fest und fleischig sein. Sie gehörte nicht zu jenen Wesen, deren Gegenwart sich in der Abstraktion eines Blickes oder Wortes erschöpft; ihre Gesten, ihre Verrichtungen – selbst die unbedeutendsten – verwirklichte sie in einer Art Ewigkeit des Augenblicks. Hier deckt sie den Tisch, dort wäscht sie, erledigt ihre Schularbeiten (mit rührendem Fleiß), und diese Gebärden, diese Daseinsweisen strömen aus ihr hervor, einer ganz natürlichen Notwendigkeit folgend, in einer friedlichen Welt.

Ihre kurzen Hände wurden fiebrig, wenn sie sich im Stricken übte: Das paßte nicht recht zu ihr, ohne dabei ihre innere Einheit von Sensibilität und einer gewissen Massigkeit zerstören zu können. Ihre jeweilige Tätigkeit, welche auch immer, wurde unverzüglich zu dieser Übereinstimmung, dieser Einheit. Wurde zum Sujet eines jener Genrebilder, bei denen Komposition und Einfall das Modell als Teil der zugehörigen Geste entstehen lassen. Zum Beispiel wie sie die Spangen zwischen die Lippen klemmt, wenn sie ihr Haar hochsteckt: Sie war Die Wäscherin, Die Wasserträgerin oder Die Spitzenklöpplerin.

Vielleicht hatte Pomme diese Anlagen von ihrer Mutter geerbt, die in einer kleinen Bar in der Stadt bediente. Denn diese antwortete in Gedanken stets «zu Diensten», wenn sie ein Herr in das obere Zimmer hinaufsteigen ließ. Denn sie war auch in jenem besonderen Sinn des Wortes Bedienstete, im Hochparterre genauso wie im Erdgeschoß, stehend oder lang ausgestreckt, immer ungekünstelt und impulsiv, wie ihre Tochter. Bei der einen wie der anderen die gleiche Zustimmung der ganzen Persönlichkeit zu ihrer Pose: und die Pose konnte in dem Zimmer über der Bar zur Positur werden, analog der gleichen natürlichen Regung, die eindeutig und trotz allem von echter Reinheit war. Doch zog die Bedienstete nie die Schuhe aus, wegen der Splitter im Fußboden. Das war die einzige Verweigerung in ihrem Leben.

Auch durch ihre immer gleichbleibende Stimmung glichen sich Pomme und ihre Mutter. Sie akzeptierten die Freuden und die Verdrießlichkeiten, die das Schicksal ihnen, übrigens ohne Verschwendung, zuteil werden ließ. Sie und ihr kleines Haus am Straßenrand bildeten einen abgestorbenen Arm der Existenz, das schweigende Licht eines Fensters direkt neben einer Schleuse, die andere Existenzen zu passieren suchten.

Pomme schien weder erstaunt noch verwirrt über die ersten Anzeichen ihrer Fraulichkeit, auf die sie niemand vorbereitet hatte. Sie wechselte und wusch ihre Laken selbst, ohne es heimlich zu tun, aber auch ohne etwas davon zu sagen, mit der gleichen Natürlichkeit, mit der eine Katze den Kot, den sie hinterläßt, mit Erde oder Sägespänen bedeckt. Ihre Mutter überraschte sie bei dieser peinlichen, aber nicht beunruhigenden Verrichtung, und das Mädchen lauschte ihren Erklärungen mit gerade soviel Interesse, daß man glauben konnte, es hätte selbst darum gebeten. Pomme war rund und glatt, innerlich wie äußerlich:

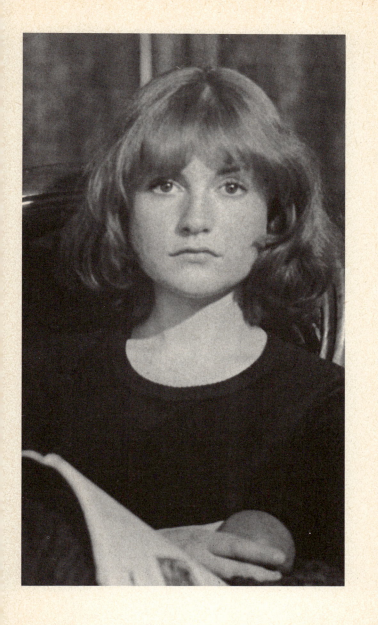

keinerlei Unebenheit stellte den Lauf der Dinge bei ihr in Frage.

(Hier könnte sich der Autor ein bißchen darüber auslassen, wie das Mädchen mit dieser Mutter zusammen lebte, die sich der Prostitution hingab. Er könnte die Abende heraufbeschwören, die Stunden des Wartens, schwer geworden von der dumpfen Scham des Kindes; bis die Frau endlich in der Nacht heimkam, mit ermattetem, fast gequältem Schritt, mit vor Müdigkeit und Ekel erstarrtem Blick, der in der angelehnten Tür den bleich schimmernden und schmerzhaft fragenden Augen des Mädchens begegnete. Er müßte auch von den Anzüglichkeiten und Anspielungen sprechen, von den Dolchen des Verstummens, an denen Pomme scheitern würde, wenn sie auf der Dorfstraße die arglistigen Hinterhalte zunichte machen wollte, und die ihre Seele mit immer genauer und tiefer sitzenden Stößen verletzen mußten. Man stelle sich das bittere Schicksal dieses Kindes vor, und der Roman könnte, gemessen an Pommes anfänglicher Arglosigkeit, die Geschichte ihres allmählichen Verfalls sein.)

Die Dinge lagen jedoch anders. Zunächst einmal genossen Pomme und ihre Mutter das Privileg jener Art von Einfalt, die die Wirklichkeit nicht verschleiert, sondern sie im Gegenteil so durchschaubar macht, daß der Blick es geradezu versäumt, sich dabei aufzuhalten. Es besteht also kein Interesse daran zu wissen, ob Pomme «argwöhnte», was für ein Geschäft ihre Mutter betrieb. Pomme war des Argwohns nicht fähig. Dennoch war es für ihr Schicksal (falls man diese unbedarfte Seele überhaupt mit dem Wort «Schicksal» ausstaffieren kann) nicht ohne Bedeutung, daß ihre Mutter in einer Bar als Dirne tätig war; zumal es vorkam, daß diese Frau den Beschwörungen der Herren aus dem Zimmer ohne Umschweife auch in Gegenwart ihrer Tochter Gehör schenkte. Diese Situation und die Bemerkungen, die ihre Mutter ihr gegenüber machte, so absonderlich sie in ihrer Banalität auch waren (es gab kein verfängliches Wort darin und nichts, was nicht auch eine ehrbare Frau ihrem Kind mit genau denselben Worten hätte gesagt haben können), flößten Pomme große Hochachtung für die Qualität eines «Monsieur» ein. Bei den Männern aus dem Dorf stellte sie diese Qualität nicht fest (zum Beispiel wenn sie zur Schule ging oder von dort zurückkam). Diese mußten jenen anarchistischen Zug in sich haben, den Inbegriff aller Zerlumptheit der Erde, den Geruch nach Wein, Streiks, Maidemonstrationen und anderen Ungehörigkeiten, die man zuweilen in den Fernsehnachrichten zu sehen bekommt. Pomme und ihre Mutter hatten einen Nachbarn, der den Dorfkindern mitten auf der Straße Angst machte, wenn er betrunken war. Pomme hatte einmal sein Geschlechtsteil gesehen. So konnten die «Messieurs» aus der Stadt nicht sein. Das zeigte sich schon darin, daß die Herren Rechtsanwälte, Apotheker, Industrielle, Kaufleute waren. Die Wahrzeichen ihrer Begierden waren goldene Uhren und Siegelringe, natürlich dicke Scheckhefte. Damit machten sie die Mädchen gefügig, während ihre Frauen daheim ganz allmählich ins

Klimakterium hinüberglitten (natürlich ging Pomme nie soweit, sich das alles wirklich einzugestehen).

Im Sommer setzte sie sich auf eine Bank am Platz und achtete flüchtig auf die Fahrer in ihren Autos, die für einen Augenblick ganz nahe waren, bevor sie sich auf der Nationalstraße dem Horizont entgegenstürzten – da waren sie so weit weg wie die Herren, die sie durch das Wortgitter ihrer Mutter wahrgenommen hatte.

Sie lebten in den Tag hinein, dasselbe Leben wie die anderen am Rande der Nationalstraße, von ein paar Einzelheiten abgesehen. Pommes Mutter kaufte ihre Kleider nicht an dem Lieferwagen, der dienstags und sonnabends vorbeikam. Sie ging in die Kaufhäuser. Sie schminkte sich. Sie rauchte. Sie drückte ihre Zigarettenstummel auf dem Läufer der Umkleidekabinen aus. Sie machte sich über ihre zerschlissenen Kleider lustig, von denen der Spiegelschrank vollgestopft war. Diese Frau behandelte die Dinge, die sie umgaben, mit seltsamer Achtlosigkeit, mit einer Gleichgültigkeit, die in ihren Auswüchsen buchstäblich ruinös waren. Ihr Haus verfügte über kein Mobiliar, sondern über ein Sammelsurium staubiger, toter, selbst ihres Namens entleerter Gegenstände, so wie sie aus dem Möbelwagen geladen und in häßlichem Durcheinander auf dem Bürgersteig abgestellt worden waren.

Der Gedanke, daß sie hätte reich werden können, wenn sie gespart und ihr Geld angelegt haben würde, brachte es mit sich, daß sie aus möglichen Vorteilen ihres Gewerbes Nutzen zog. Aber es hätten Berechnungen angestellt werden müssen, Überlegungen, etwas anderes zu tun, als nur die absolut passiven Minuten in dem Zimmer über der Bar zu verbringen. Solcher Vorbedachte war sie unfähig.

Pomme war noch ganz klein, als ihr Vater von zu Hause wegging. Sie hatte ihn sicherlich vergessen. Weder sie noch ihre Mutter sprachen jemals von ihm.

Vor seinem endgültigen Verschwinden war er schon mehrmals weggeblieben. Man wußte nie, wohin und für wie lange. Manchmal für drei Tage, zuweilen für sechs Monate. Vorher sagte er kein Wort. Er gehörte zu jenen Leuten, die abhanden kommen, wenn sie eine Schachtel Streichhölzer kaufen gehen, weil hinter der Straße mit dem Tabakgeschäft eine andere Straße lag und dann noch eine. Wenn man es recht bedenkt, hat man eigentlich nie ganz die Runde durch das Gewirr der Häuser gemacht.

Pommes Vater war von sehr sanftem Gemüt gewesen. Kein zu lautes Wort und stets nur das Allernötigste. Er überlegte schweigend, eine Träumerei jagte die andere. Zu seiner Frau war er nett, und zwischen zwei Grübeleien spielte er gern mit seiner Tochter. Sprechen war ihm kein Bedürfnis. Und dann ging er weg. Manchmal schickte er Geldanweisungen, aber keine Briefe, nie eine Erklärung. Was er gerade trieb, ließ keine Erklärungen zu. Und Pommes Mutter hatte nicht daran gedacht, sich gegen dieses unergründliche Benehmen aufzulehnen. Sie mußte ihren Mann sehr lieben, von einer Abwesenheit zur anderen, aber wenn sie sich darüber auch erregte, so hatte sie sich doch nichts anmerken lassen. Er war eben ein Mann, der wegging, auf Grund derselben Fatalität, die aus dem Gatten ihrer Nachbarin «einen Mann, der trinkt» machte. Etwa so, wie wir sagen würden: Das ist ein jovialer oder das ist ein jähzorniger Mann.

So war «der Mann, der wegging» am Ende tatsächlich gegangen, und ohne jedweden Zweifel, denn er hatte gesagt «ich gehe»: Diese ganz unübliche Aufmerksamkeit bedeutete eindeutig, daß sein Weggang diesmal endgültig war. Seine Frau hatte ihm geholfen, seine Sachen zusammenzupacken, die in den einzigen im Hause befindlichen Koffer nicht hineinpaßten. Sie hatte einen großen stabilen Karton gefunden, in den sie den Rest hineinpreßte. Dann hatte sie die Kleine geweckt, damit sie ihrem Vater adieu sagte.

Der Gedanke, sich scheiden zu lassen oder eine Unterhaltszahlung zu fordern, war ihr ebensowenig gekommen wie beispielsweise der, ein Auto zu fahren. Man konnte ebensogut den Bus nehmen, wenn man irgendwohin wollte. Sie war damit zufrieden, ihr eigenes Leben zu leben, anders wäre es zu kompliziert gewesen.

Also blieb sie mit ihrer Tochter allein, keiner, der ihr die Kartoffeln aus der Erde holte; und sie zuckte angesichts dieser mißlichen Wende ihres Schicksals nicht mit der Wimper. Da sie zu der Zeit noch keine dreißig war und von Kopf bis Fuß etwas Derbes und Kräftiges hatte, fand sie diese Stelle als «Bedienstete» zu den Bedingungen, die man ihr erklärte, die sie sich wiederholen ließ und die sie mit einem Nicken annahm, nachdem ihr Bewußtsein eine halbe Minute lang ausgesetzt hatte.

Hier sollte man diese Geschichte vielleicht abbrechen, die eigentlich gar keine ist, auch keine werden wird, denn man ahnt schon zu genau, daß Pomme und ihre Mutter zu denen gehören, denen nichts widerfährt, es sei denn, es kommt zu einem unwahrscheinlichen Bruch ihres inneren Schweigens.

Sie sind nicht dazu geschaffen – das gerade ist ihre Art Stärke –, sich an dem Ereignis zu verwunden, das sie, ob sanft oder unsanft, berührt. Sie gehören zu jenen Sträuchern, die alles, was sie an Erde brauchen, in einem Mauerspalt finden, in der Ritze zwischen zwei Pflastersteinen; ihre Pflanzennatur verleiht ihnen diese paradoxe Kraft.

Diese Art Menschen rollen ihr eigenes Schicksal hinab, prallen von einer Unachtsamkeit, aus denen ihr Leben besteht, zur anderen. Sie versuchen nicht einmal, den Schlägen auszuweichen. Man könnte glauben, sie spürten sie nicht, was sicher unzutreffend ist. Aber sie erdulden ein Leiden, das sich nicht begreift, das nie bei sich selbst stehenbleibt.

Der Zufall mochte ungerührt die ganze Batterie seiner alltäglichen Katastrophen auf sie losdonnern lassen, der ziellose und doch so fürchterlich eigensinnige Marsch Pommes und ihrer Mutter wäre trotz allem fortgesetzt worden, winzig, einsam, stumm, am Ende faszinierend.

Aber dann hätten Pomme und ihre Mutter ihren Platz nicht in einem Roman mit seinen groben Verfälschungen, seiner Psychologie, seiner einsuggerierten Dichte, ebensowenig wie sie die Oberfläche ihrer eigenen Freuden oder Leiden zu durchdringen verstehen, die hoch über ihnen zusammenschlagen und deren Untergrund für sie unermeßbar ist. Sie beschreiben auf dem Papier des Buches, das von ihnen erzählt, nur die winzige Flucht zweier Insekten. Das Papier ist das Wichtige; oder die Kartoffeln, die gekeimt haben, oder die Splitter auf den Holzdielen des Zimmers in der Stadt! Nichts sonst.

II

Pomme in ihrem achtzehnten Lebensjahr. Sie lebt mit ihrer Mutter jetzt in der Pariser Gegend irgendwo zwischen Suresnes und Asnières. In einem großen Wohnblock, Treppe D, Tür F. Das Ganze nennt sich Kosmonautenviertel.

Hier sehen wir Pomme und ihre Mutter nebeneinander auf der Couch aus schwarzem Skai. Ohne sich zu rühren. Sie haben denselben dumpfen, gleichgerichteten Blick, der der eines fotografischen Objektivs sein könnte. Die Bildscheibe des Fernsehapparates sendet ein graues Licht aus, in dem die Gesichtszüge verschwimmen, wie auf alten Fotos. Ein andermal liegt Pomme bäuchlings auf ihrem Bett und liest in einem Magazin. Ihr Kopf und das Magazin sind im Verhältnis zu dem übrigen Körper etwas dem Fensterlicht zugeneigt, das wegen der großen Mauer, die sich unweit des Fensters erhebt, noch von einer Nachttischlampe unterstützt wird.

Pomme blättert mehr, als daß sie liest. «Plötzlich umarmt sie Giordano. Sie will sich dagegen wehren, aber da verspürt sie ein neues, unbekanntes, angenehmes Gefühl, das sie bis in die innersten Fasern ihres Seins verwirrt. Sie sehen sich an, und in dem Augenblick entsteht etwas zwischen ihnen. Giordano merkt, wie eine Art geheime Kraft von einem zum anderen überspringt ... Ein Sternenmantel leuchtet über ihnen, während sie langsam, Hand in Hand, weitergehen.»

Vor einem Jahr waren Pomme und ihre Mutter in diese Zweizimmerwohnung gezogen, in der sich ein neuer Lebensstil zu entwickeln begann, mit Blumen in einer Vase und einem Seifenhalter im Bad.

Pommes Mutter hatte sich sehr verändert. Sie trug jetzt weiße Nylonkittel, wenn sie den Haushalt erledigte, auch wenn sie nichts tat oder Eier verkaufte.

Sie verkaufte auch Milchbonbons, abgepackte oder lose Butter, Käse. Sie nahm ihr großes Messer mit dem beidseitigen Griff, setzte die Schneide je nach Wunsch der Kunden an einen Laib Gruyèrekäse und ließ sich bestätigen: «So, oder etwas mehr?»

Welcher Zufall mag die «Dame» aus der Bar und dem darüberliegenden Zimmer in ein Molkereiwarengeschäft verschlagen haben? Gott allein wüßte es, wäre er der Urheber von alledem. Also soll man sich die Frage nicht stellen!

Pommes Mutter stand morgens in aller Frühe auf. Sie half ihrem Chef beim Abladen der Ware. Sie stapelte die leeren Kisten für die Müllabfuhr auf dem Bürgersteig. Dann nahm sie ihren Platz hinter dem Ladentisch ein, die üppige Brust zwischen zwei wagenrädergroßen Emmentalern.

Abends ging sie spät, nach einer Kniebeuge unter der eisernen Jalousie, die der Chef zur Hälfte herunterließ, bevor er gänzlich schloß (wenn die Kunden unter dem letzten Lichtspalt zu Reptilien wurden, zu gewaltigen Mäulern, aus denen die Verkäuferin die Minuten enteilen sah, die sie brauchte, um ihren Bus zu schaffen. Und das alles meistens für ein Viertel Butter oder einen halben Liter Milch).

In der Stadt wirkte Pommes Mutter ein bißchen ländlich, so wie sie auf dem Lande, wenn man so sagen darf, etwas Städtisches an sich gehabt hatte. Stets sehr adrett, aber vorbei mit der Koketterie. Sie trug flache Schuhe, nie mehr taten ihr die Füße weh. Und mit ihren vierzig Jahren gewann sie das Gebaren einer jungen Bäuerin zurück, mit schmucken Wangen, wenn es heiß war. Aber die bedeutendste Metamorphose hatte sich nicht im Physischen vollzogen. Zumindest nicht die überraschendste, so bereitwillig die Dame auch gewesen war, sich ihres billigen Flitterkrams zu entledigen, diesmal, um die im Winter leicht kupferfarbene Haut einer Milchverkäuferin zur Schau zu stellen.

Die eigentliche Metamorphose geschah zu Hause, in den zwei Zimmern mit dem spiegelblanken Parkett und den nagelneuen Möbeln, in der Küche, in der die eckige Ordnung der Formica-Produkte den Ton angab.

Abends verwandelte sich die Couch aus Skai in ein breites Bett mit weißen oder himmelblauen Laken. Den Blick in die frische Sahne der Zimmerdecke getaucht, schliefen die Verkäuferin und ihre Kleine unter rosafarbenen Wolldecken ein.

Verglichen mit dem anderen Haus, mit dem von Flaschenscherben übersäten Garten, herrschte jetzt

Wohlstand, ein Wohlstand, der allerdings unübersehbar durch eine Kreditanstalt geregelt war: der Tisch, die Stühle, der Wohnzimmerschrank, die Bettcouch, die beiden Sessel – ebenfalls aus Skai –, stammten von der gleichen Firma, gehörten zu ein und derselben Lieferung für achtzehn Monatsraten à zweihundertvierzig Francs.

Die neue Lebensqualität zeigte sich auch in der Ernährung. Man achtete auf das, was gegessen wurde. Man bereitete Speisen zu. Man hatte einen elektrischen Herd mit einem drehbaren Bratspieß. War der Braten gut, hielt der Spieß von selber an, und es läutete. Mit einem Schlag wurde Pomme zur Feinschmeckerin. Das war der erste Zug an ihr, der ein bißchen den Anschein einer Leidenschaft hatte; aber einer sich bescheiden zurückhaltenden, deren maßvolle Gesten den anderen Genügsamkeiten und Schüchternheiten des jungen Mädchens ähnelten, dem es nicht gelang, die Pummeligkeit und das Rotwerden seiner Kinderjahre hinter sich zu lassen. Pomme hatte eine Schwäche für Konfekt, Angelikastangen, gefüllte Bonbons, Schokolade. Aber zu den Mahlzeiten konnte sie ebensogut eine tüchtige Scheibe Hammelkeule mit kleinen weißen Bohnen verspeisen. Auf einem schönen Porzellanteller. Die Soßenschüssel war aus Aluminium.

Morgens fuhr sie mit dem Zug. Sie stieg Saint-Lazare aus und schlenderte, ohne die Schaufenster zu beachten, in den Frisiersalon. Sie zog ihren rosafarbenen Kittel über, musterte sich im Spiegel, prüfte ihr leichtes Make-up.

Zu dieser Stunde bringen die kleinen Verkäuferinnen, Stenotypistinnen oder eben Friseusen mit ihrem quirligen Durcheinander bunte Farbflecke in das braune Spülwasser der Menge auf den Bürgersteigen. Aber sie, Pomme, besaß etwas anderes als jene Lieblichkeit. Vielleicht eine Art Schönheit, trotz des Rokkes, der nur den halben Schenkel bedeckte, und des zu engen Pullovers.

Und das machte aus ihr schließlich einen sehr doppeldeutigen Menschen. Inmitten der Parfums, der Flakons, der reizlosen Schönheitsmittel des Frisiersalons wurde ihre Schlichtheit zu einem Geheimnis. Pommes Charme bestand darin, daß sie anders war, ausgenommen die erotische Stereotypie des schmalen Hautstreifens zwischen Rock und Pulli.

Dennoch bewirkte diese Art Charme eine gewisse Distanz. Pomme war anziehend und zugleich abweisend. Vor allem anziehend, aber so, daß man sich dessen nicht wirklich bewußt wurde. Sie flirtete nicht, nicht einmal mit den Augen. Statt dessen würde man vielleicht auf Schamlosigkeit gestoßen sein, wenn man hätte lesen können, was nicht geschrieben stand. Denn diese Unschuld (diese «jungfräuliche Seite»), aber dadurch sogar die wirkliche Nacktheit eines Gesichts, in dem sich nichts ausdrückte (keinerlei Hintergedanke), konnte nicht ohne Schamlosigkeit sein, der Schamlosigkeit einer im Bad überraschten Suzanne oder Suzon, noch dadurch verdoppelt, wenn man so sagen darf, daß sie nicht vorbedacht, nicht gewollt war.

Ihr Mund kannte nur die Schminke ihrer eigenen

fleischigen Sanftheit; ihre Lider schlossen sich manchmal, aber aus reiner Freude am Dasein. Nicht einmal der Anschein einer Herausforderung in einem so tiefen Frieden. Aber Pomme brauchte auch nicht herauszufordern, brauchte sich nicht anzubieten. Sie bot sich in ganz natürlicher Weise an, wie es in dem Alter alle Mädchen tun, deren Körper sein Verhalten noch nicht allen neuen Zufälligkeiten angepaßt hat.

Diesen wunderbaren Augenblick des Lebens, in dem selbst die häßlichsten Mädchen ein bißchen von dem Verlangen ausstrahlen, das sie erfüllt, das sich in ihnen zu erkennen sucht und das keine Nachsicht je hat eindämmen können, genoß Pomme mit dem Vorrecht, ihn wie ins Unendliche zu verlängern.

Und diese so verewigte Unvollendung wurde zu einer Art Erfüllung, aber zu einer ungewissen, einer irritierenden Abweichung von der üblichen Ordnung der Dinge.

Hatte Pomme keine Liebhaber, wie es ihren fast achtzehn Jahren hätte zukommen müssen oder eben ihrer Sinnlichkeit, die sie unter jedem Blick ein bißchen aufleuchten ließ?

Pomme würde nicht nein gesagt haben, wenn man ihr den Sinnentaumel gedeutet hätte. Mit einem drängenden Blick würde man ihr zu verstehen geben, was sie erwartete. Bestimmt hätte sie sich gefügt, nicht dem Mann, dessen Aussehen oder Alter ziemlich unwichtig war, sondern der Enthüllung einer ihr neuen Notwendigkeit.

Aber schon war sie auf der anderen Straßenseite: Sie lief ein bißchen zu schnell, als daß man auf die

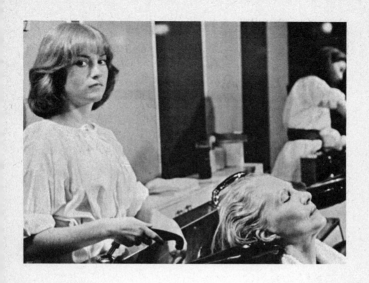

Idee gekommen wäre, ihr zu folgen. Wenn sie morgens aufstand, war sie schon wie eingeschnürt in ihre arglose Schläfrigkeit, fühlte sich ihr Körper von einer Nostalgie befallen, die weder der Tag noch die Menge, nicht einmal das Gedrängele abschütteln konnten. Sie lag unter dem unberührten Schnee der Nacht. Es gab in dieser glücklichen Melancholie keine verwundbare Stelle. Wer sie musterte, begriff nicht, daß er und sein eigener Blick das wichtigste, aber noch fehlende Kettenglied dieses so perfekten, unantastbaren Verschlusses waren. Deshalb stieg er eine Station vorher aus oder eine später; übrigens nahm Pomme vom Bahnhof Saint-Lazare zur Opéra nicht oft die Métro, nur wenn es regnete.

Pomme konnte weder frisieren noch schneiden, noch färben. Man beschäftigte sie vor allem damit, die gebrauchten Handtücher einzusammeln. Sie säuberte die Instrumente, fegte die am Boden liegenden Haare zusammen. Sie legte die verstreuten Seiten der *Jours de France* wieder ordentlich zusammen. Sie putzte sich mit einem karierten Taschentuch die Nase.

Sie übernahm auch das Waschen, massierte den Kundinnen mit der ihr eigenen zarten Hand die Kopfhaut. Sie wäre zu noch mehr fähig gewesen. Man hätte sie nur darum bitten müssen.

Die Kundinnen waren Damen in einem gewissen Alter und reich und sehr geschwätzig. In Wirklichkeit waren sie alle das gleiche: alte Schnattertanten!

Aber weder die mit Edelsteinen besetzten Brillen noch die lavendelfarbenen Lippen unter dem spärlichen Azurblau des Haarwuchses, weder die mit kostbaren Ringen und braunen Flecken verzierten Hände noch die Krokodillederhandtaschen schienen die Aufmerksamkeit Pommes zu berühren, die vollkommen davon in Anspruch genommen war, den Wasserstrahl, der über ihren Handrücken lief, so zu regulieren, daß er nicht zu heiß und nicht zu kalt war, wenn er über Haare floß, die, einmal naß, wie alle anderen Haare aussehen würden.

Behutsam legte sie die Köpfe mit Hilfe einer hydraulischen Verneigung der großen Drehsessel nach hinten. Die Oberkörper waren mit einem weißen Umhang verhüllt, und die nassen, vom Schaum zusammengeklebten Haare sahen in den weißemaillierten Waschbecken wie von Wellen bewegte Algen aus.

Die Blicke in den großen, leblosen Augen unter den Lidschatten waren erloschen, die Lippen unter der spitzen Nase blutleer, und die zurückgelehnten Gesichter wurden ihrerseits zu Pflanzen, vergleichbar großen, verwaschenen, bis auf ein paar Rippen durchscheinenden Baumblättern längs eines Flusses.

Es war ein befremdender, nicht aber schrecklicher Anblick: diese wie auf der Wasseroberfläche aufgereihten Gesichter, diese alten Ophelias, die für einen Augenblick ihre ganze beherrschende Macht verloren hatten und unter dem – freilich harmlosen – Blick Pommes sogar zum Gegenstand einer möglichen Geringschätzung werden konnten. Und Pomme sagte sich, daß ihre eigene Häßlichkeit niemals so wie diese sein würde. Niemals so plötzlich. Wenn sie umstürzlerischer Gedanken fähig gewesen wäre, wenn sie mit einem leichten Anflug von Haß die fürchterliche Rücksichtslosigkeit der alten Raubtiere beim Trinkgeldgeben gefühlt hätte (die Art, wie sie ihre Handtaschen auf- und zuschnappen ließen!), dann hätte Pomme gewiß noch mehr Vergnügen daran gehabt, sie so völlig unterjocht, so völlig ausgelöscht unter der Trockenhaube sitzen zu sehen, mit unbeweglichem, gewissermaßen leblosem Kopf, noch immer geschwungen, noch immer hochmütig, aber diesmal wie auf eine Lanze gespießt. Übrigens kam es Pomme, die diese Alten manchmal lange musterte, gar nicht in den Sinn, daß sie Vergnügen daran finden könne.

Sie hieß Marylène. (Endlich fangen wir an.)

Sie hätte in der Theaterloge, ein mit Perlmutt besetztes Opernglas in der Hand, hinter ihrem Fächer geistvolle Dinge flüstern können. Sie hätte braunes, in der Mitte gescheiteltes Haar tragen können. Sie hätte das Elfenbein ihrer nackten Schultern an einen Mann mit schwarzem Frack und weißer Krawatte schmiegen können, mit einer Geste kosender Aufmerksamkeit, die den Ansatz der Brüste enthüllte, aber durch die elegante Schamhaftigkeit des Fächers vor dem Mund gemäßigt war.

So war es in Filmen, die sie gesehen hatte. In Wirklichkeit gelang es ihr nicht, ihr jäh losbrechendes Lachen zurückzuhalten, das ihren Haaren ein grelles Fuchsrot verlieh und ihren Mund zu groß werden ließ.

Trotzdem war Marylène ein schönes Mädchen, groß, geschmeidig, beweglich. Sie schlängelte sich in dem Salon von einer Kundin zur anderen: Dies war der Wald, der Dschungel, der sich der Ruinen von Angkor bemächtigte.

Der Künstler wird indessen nicht den Hinweis darauf versäumen, was diese Art Schönheit, die wild, berechnend, aggressiv und rankend war, auch an Armseligem aufwies. Und Marylène mußte schließlich merken, daß es höchst unsicher war, eine schöne Frau zu sein, wie man so sagt, vielleicht weil es nichts anderes zu sagen gibt. Da war also dieses ewige Schwanken zwischen dem Romantischen, dem Vornehmen, dem, warum nicht, Erhabenen und der ganz freimütigen Vulgarität des Lachens, das wie ein Stapel Teller in eine Abwaschschüssel gluckst. Im letzten Augenblick fragte sich Marylène, ob eine Mäßigung ihrer Stimme, ihrer Gestik im Grunde nicht doch ein schlechtes Geschäft wäre, ja, sogar idiotisch. Also verlegte sie sich mehr auf Leichtfertigkeit, auf grelle Töne. Diese Spekulation war nicht viel glücklicher als die andere, aber sie entsprach vielleicht mehr Marylènes eigentlicher Natur. Sofern man nicht von vornherein annimmt, daß Marylène gar keine «eigentliche Natur» besitzt.

Zur Zeit ist sie fuchsrot, um die Dreißig, und in ihrer Handtasche hat sie ein Feuerzeug von Cartier. Sie ist blond gewesen. Sie nannte sich Marlène, als sie blond war. Das stand ihr auch nicht schlecht. Sie trägt mit Vorliebe Kleider aus Lamé.

Sie lebt in einer Appartementwohnung (XVI. Bez., Nähe Bois. Lux. App. 30 m². 6. Et., Süds./Straße, Fahrst. Müllschl. Bad. Kleink.). Könnte man sich das bei einem Reihenhaus in Saint-Maur vorstellen? Vertretern, Bettlern und Händlern ist der Zutritt zu dem Gebäude ausdrücklich untersagt.

An zwei Abenden in der Woche gestattet Marylène den Besuch eines Mannes um die Fünfzig, mit silbergrauen Schläfen, eckigem Schnurrbart, stechendem Blick. Übrigens (warum «übrigens»?) leitet dieser Mann eine Werbeagentur. Einer, der seine Geschäfte tatkräftig zusammenbaut, sonntagvormittags Tennis.

Marylène empfand eine Art Freundschaft für Pomme. Sie merkte genau, daß ihr von Pomme keine Gefahr drohte, was ihre Hüften oder ihre Brust anging. Und Marylènes Freundschaft hatte einen in netter Weise beschützenden Zug.

Aber gleichzeitig war Pomme für sie ein Geheimnis. Ihr Leben spielte sich an anderen Orten ab als das Marylènes. Und Marylène wollte dieses Geheimnis, da sie es schon nicht verstehen konnte, wenigstens an der Hand halten. Sie sah die Unschuld dort, wo sie sich tatsächlich befand, und wie das plötzliche Murmeln einer Quelle inmitten voller U-Bahnzüge, gab es hier vermutlich eine verborgene, für Marylène unerträglich fremde Kraft.

Natürlich ging Marylène nicht so weit, sich jene Art von Gereiztheit einzugestehen, die sie bei der Begegnung mit einem Rätsel empfand. Sie hätte dann zugeben müssen, daß sie versuchte, dem ein Ende zu bereiten, und daß ihr solches nur gelingen konnte, wenn sie das, was bei Pomme wirklich anders war, unterdrückte.

Dennoch versuchte sie gerade das zu tun. Anfangs hatte sie zu Pomme gesagt: «Du kannst doch nicht so herumlaufen, du mußt dich doch schminken.» Pomme lernte, sich zu schminken; aber sie blieb unter den kleinen Farbklümpchen, die sie nicht richtig zu verteilen lernte, genauso frisch wie vorher. Und Marylène war nahe daran, sich darüber zu ärgern.

Marylène lud Pomme in ihr Appartement ein. Sie duzten sich. Pomme nahm den Fahrstuhl, der für

Lieferanten verboten war, und trank Whisky. Sie machte sich nicht viel aus Whisky.

Pomme ging, bevor Marylènes Freund kam. Sie gehörten zu den Pärchen, die nur im Restaurant essen und erst nach dem Theater miteinander ins Bett gehen.

Pomme hatte Marylènes Freund nie gesehen, und diese wiederum hatte mit ihrem Freund nie über Pomme gesprochen. Das war ganz normal; Marylène veranlaßte Pomme zu gehen, bevor ihr Freund kam, so wie man seine Frisur in Ordnung bringt, wenn man die Wohnung verläßt. Fürchtete Marylène nicht auch ein bißchen, dem Werbemann diesen kleinen und dabei doch so niedlichen Pummel vorzuführen? Und dann war Pomme in jedem Fall zu sehr das

Gegenteil davon, wie sich Marylène gerne selber gesehen hätte. Das sind doch Gründe, nicht wahr? Und es mochte bestimmt noch andere geben!

Pomme feierte im Mai ihren achtzehnten Geburtstag. Marylène wurde eingeladen. Man aß Hammelrücken.

Marylène gab sich gegenüber Pommes Mutter, die sie zum erstenmal sah, sehr liebenswürdig. Sie hatte sich schlichter als gewöhnlich angezogen, weil sie ja wußte, daß sie zu einfachen Leuten ging. Marylène war durchaus gewitzt; nur übertrieb sie ihre Gewitztheit. Ihre Haltung und ihre Kleidung drückten aus, daß sie bei armen Leuten zu Mittag aß und daß sie darauf bedacht war, keinen Mißgriff zu begehen. Pommes Mutter bemerkte es überhaupt nicht. Pomme allerdings brachte Marylène dafür eine unendliche Dankbarkeit entgegen, in die sich freilich ein Gefühl der Scham mischte, das immer stärker wurde. Marylène fand alles sehr gut und brach immer, wenn man ihr die Platte reichte oder zu trinken eingoß, in große Dankesworte aus. «Zu Diensten», sagte Pommes Mutter, und Pomme hätte sich gewünscht, daß ihre Mutter anders gewesen wäre. Ohne genau zu wissen, wofür, fühlte sie sich schuldig.

Pomme versank für einen langen Augenblick in derartige Grübeleien. Es sah aus, als blickte sie in die Kerzen, die auf der Kuchenplatte ausbrannten, auf der die Hälfte von Marylènes Portion liegengeblieben war (die Süßes offenbar nicht mag). In Wirklichkeit blickte Pomme auf nichts. Sie fühlte sich, könnte

man sagen, gleichgültig und melancholisch. Gleichgültig zum Beispiel, was den Kuchen anging, der auf der Platte blieb. Sie mochte sich nicht bewegen; sie war sehr müde: sie hatte matte und schwere Glieder, zwei Anker hingen ihr von den Schultern herab. Sie versandete in der bittersüßen Versuchung eines unendlichen Widerwillens gegen sich selbst.

Da es am Nachmittag schön war, führte Marylène alle in den Bois de Boulogne. Man kam zu den Seen. Pomme überrechnete stets etwas, ohne genau zu wissen, was. Ihre Mutter war ziemlich wortkarg, ein bißchen aus Furcht, langweilig zu wirken. Mit einemmal sagte sie: «Ich werde mich hier hinsetzen. Geht alleine spazieren. Auf dem Rückweg könnt ihr mich dann ja wieder abholen.» Dennoch fuhren alle Boot. Sie mußten zwanzig Francs hinterlegen, hinzu kam das Trinkgeld für den guten Mann, der einem beim Einsteigen hilfreich die Hand bot. Sie hatten Mühe, vom Ufer wegzukommen; der Mann stieß das Boot mit einer Stange ab.

Marylène machte sich über die Insassen der anderen Boote lustig, die sie mit spritzenden Ruderschlägen rammten. Pommes Mutter schrie, daß man kentern würde, und klammerte sich an ihrer hölzernen Sitzplanke fest. Pomme ruderte; sie ruderte gelehrig, wie ein Kind; und allmählich fand sie ihre Einheit wieder, ihren Frieden, mit jedem Ruderschlag ein bißchen mehr.

Kurz nach diesem Tag mußten sich Marylène und der Mann mit dem eckigen Schnurrbart getrennt haben. «Man hätte das schon viel eher tun sollen», sagte Marylène an Stelle einer Erklärung. Sie fügte hinzu, sie hätte die fünf besten Jahre ihres Lebens (die Montage und die Mittwoche) mit einem Flegel vertan, aber das mache nichts, weil schließlich alle Männer gleich seien. Womit Marylène bewies, daß sie zwar über sich, nicht aber über Männer Bescheid wußte.

Gut! Sie verabscheute alle, ohne Ausnahme, diese Typen, die Herren der Schöpfung, die Aufschneider. Und damit zugleich auch die Alfa-Romeos, die Zigeunerrestaurants, die Fouquet's-Terrasse und die Hemden von Lanvin. Sie weihte Pomme in ihre neue

Sicht «der Dinge» ein. Pomme hörte ihr zu, ohne ein Wort zu sagen: All das hielt Giordano, den jungen Rechtsanwalt, nicht davon ab, Lina, seine Sekretärin, in seine zärtlichen und kräftigen Arme zu nehmen. Ihre Lippen vereinten sich in einem keuschen Kuß, reich von grenzenlosen Versprechungen. Ein Sternenmantel leuchtete usw.

Im Verlauf des Juni wurde Pomme Marylènes engste Freundin. Sie brachte sie fast jeden Abend nach Hause und aß in dem Appartement eine Kleinigkeit mit ihr. Pomme brauchte sich nicht mehr zurückzuziehen, um dem Mann mit dem stechenden Blick Platz zu machen.

Manchmal blieb sie auch über Nacht und schlief neben Marylène in dem großen Bett. Morgens achtete sie darauf, als erste aufzustehen und das Frühstück zuzubereiten. Marylène beschmierte sich mit Orangenkonfitüre. Sie duschten zusammen. Sie bespritzten sich mit heißem Wasser. Sie trockneten sich gegenseitig den Rücken ab. Marylène hauchte einen Kuß in Pommes Nacken und sagte, daß die Männer Schweine sind.

Pommes Mutter war wegen dieser häufigen Besuche mit ihrer Tochter sehr zufrieden. Sie machte Pomme gegenüber schulmeisterhafte Komplimente über deren Freundschaft zu Marylène. Diese Ermunterungen, diese schmeichlerischen Andeutungen ärgerten Pomme ein bißchen. Ohne Zweifel war Marylène in Ordnung, jedenfalls mehr als sie, aber Pomme hatte keine Lust, so wie Marylène zu sein, selbst wenn sie sich eines Tages dazu imstande gefühlt hätte. Unter ihrer seelischen Rundung besaß Pomme einen Schatz an Weisheit, die sich, wenn auch unwissentlich, in einer großen Fähigkeit zur Zustimmung ausdrückte; sie gehörte zu jenen Bescheidenen unter den Bescheidenen, die sogar das so seltene Glück genießen können, mit sich selbst völlig einverstanden zu sein: Abgesehen von dem flüchtigen Unbehagen bei ihrem Geburtstagsessen hatte Pomme noch nie die bohrende Unruhe gekannt, anders sein zu wollen. Sie beanspruchte Marylènes Charme gar nicht für sich. Sie bewunderte ihn nur. Vielleicht war diese Bewunderung nicht ohne Vorbehalt. Pomme legte zuweilen eine Naivität an den Tag, die sie mit großer Schärfe auf den Grund der Wesen und Dinge blicken ließ.

Marylène verfügte jetzt über ihre ganze Freiheit. Das mußte ausgenutzt werden. Also bemühte sie sich zum Beispiel, ihren Ärger mit den verführerischsten Farben der Freundschaft wegzuschminken. Da gab es Pomme. Und dann hatte sie durch Zufall eine ihrer alten Freundinnen wiedergefunden. Sie war verheiratet, und ihr Mann hatte gerade ein Haus auf dem Lande, nicht sehr weit von Paris, gekauft. «Du mußt dir dieses Haus unbedingt ansehen», hatte die Freundin selbstverständlich gesagt. Marylène und Pomme wurden eingeladen, die Tage um den 14. Juli, den Nationalfeiertag, dort zu verleben.

Es war ein altes, unlängst renoviertes Bauernhaus mit schönen Deckenbalken. Der Kamin war neu gesetzt worden, weil er nicht rustikal genug wirkte; den

Estrich hatte man durch provenzalische Steinplatten ersetzt. Alles tadellos in Ordnung.

Die Nachmittage verbrachten Marylène, Pomme und die Freundin in Liegestühlen, die man auf dem Hof, wo der Rasen zu wachsen begann, mit der Sonne mitrückte. Währenddessen spielte der Mann auf einem benachbarten Anwesen Tennis.

Aus erster Ehe gab es einen Sohn, einen häßlichen Burschen von vierzehn Jahren, der sich mühte, eine alte Scheune abzureißen, weil sie «die Sicht beeinträchtige», wie sein Vater behauptet hatte.

Der Sprößling besaß das unschöne Vollmondgesicht eines Neugeborenen, dicke Lippen, erhitzte Wangen, leicht eingedrückte Nase. Er war für sein Alter sehr untersetzt (sein nackter Oberkörper, die einfältige und mit rosigen Sonnenbrandstellen bedeckte Haut schien aus einem Hosenschlitz hervorgesprungen zu sein. Pomme wäre es lieber gewesen, er hätte sein Hemd wieder übergezogen). Vor allem hatte er einen tückischen Blick.

Er ging eifrig mit einem schweren Vorschlaghammer um, und jedesmal, wenn sich ein Mauerbrocken löste, stieß er ein Freudengeheul aus. Marylène nannte ihn Tarzan und neckte ihn. Sie hatte eine Vorliebe dafür, ihn wie ein Kind zu behandeln (eine jener Provokationen, derer sie sich nicht enthalten konnte). Er aber sah nur Pomme an. Pomme mochte weder diesen Jungen noch seine durchdringenden Blicke, ganz und gar nicht. Sie wußte nicht, wie sie sich verhalten sollte.

Jedenfalls wollte sie sich nicht ausziehen. Marylène hatte darauf beharrt: «Ich versichere dir, niemand kann uns sehen.» (Sie und ihre Freundin hatten sich völlig nackt hingelegt, nur mit einem Papierhütchen auf der besonders empfindlichen Nase.) Aber Pomme fand, daß der Junge, der mit seinem Vorschlaghammer die Mauer der Scheune bearbeitete, keineswegs «niemand» war. Sie hatte eingewilligt, bestenfalls die Ärmel ihrer Bluse hochzukrempeln und die beiden obersten Knöpfe zu öffnen.

Am ersten Tag wurde vor allem über die laufenden Arbeiten gesprochen. Marylène hatte sich die Sorgen ihrer Freundin so sehr zu eigen gemacht, daß sie sich schon in der Rolle sah, ganze Trupps von Maurern, Malern, Gärtnern zu dirigieren. Sie begann sogar, die Landschaft umzugestalten, genauso einfach wie ein Make-up oder eine Färbung: Dieser Bauernhof dahinten, der das sanfte Gefälle des Hügels unterbrach, müßte abgerissen werden; und dann sollte ein Wald angepflanzt werden oder wenigstens ein Wäldchen, um die Eisenbahnlinie zu verbergen, deren Oberleitungsmasten sich vom Horizont abhoben. Marylènes Freundin hörte sich alles an, ließ sie reden und wußte doch genau, daß sie die Besitzerin war.

Am zweiten Tag war es noch heißer. Pomme hatte ein bißchen abseits von den beiden Frauen Schatten gefunden. Marylènes Freundin hatte schwere Brüste. Sie war aufgestanden, um Obstsaft aus der Küche zu holen. Sie drückte die Schultern nach hinten, machte ganz kleine Schritte, aber trotzdem zitterten Brust, Gesäß und Oberschenkel. Marylène war nur Mieterin eines Appartements, aber sie besaß eine souveräne, fürstliche Nacktheit: füllige, aber feste Brüste: Marylène, glänzend von Sonnenöl, war prächtig, orientalisch, ornamental.

Pomme langweilte sich ein bißchen auf dem schweißigen Leinen ihres Liegestuhls. Hin und wieder lauschte sie dem Schwatzen und Lachen der beiden anderen. Wenn sie die Lider halb geschlossen hielt, sah sie sie durch ihre flatternden Wimpern auf dem Rasen liegen. Darauf schlief sie in ihrem kleinen schattigen Alkoven für eine Weile ein. Marylènes Lachen drang zu ihr wie das Geräusch von Eisstückchen, die in einem Glas aneinanderklirren. Ein sehr viel heftigeres Gelächter als zuvor weckte sie plötzlich. Marylène und ihre Freundin sprachen seit einer Sekunde mit lauter Stimme. Eine fiel der anderen in die Rede, und dann herrschte mit einemmal Schweigen. Marylène rieb ihre Freundin von oben bis unten mit Sonnencreme ein. Pomme musterte sie – vielleicht – mit einer Art Interesse, das sie jedoch nicht hätte in Worte fassen können. Dann streckte sich Marylène rücklings auf dem Gras aus. Dem Lachen folgte Geflüster, und Pomme konnte nicht umhin, die Ohren zu spitzen. Die beiden Freundinnen erzählten sich immer pikantere Dinge. Pomme hätte niemals solche Reden geführt, aber es langweilte sie auch nicht, ihnen zuzuhören. Sie fühlte sich erregt. Sie führte das auf die Hitze zurück; sie merkte, wie kleine Schweißtropfen an ihrem Hals perlten, dort, wo sie die Bluse aufgeknöpft hatte. Sie bekam sogar Lust, sich ebenfalls auszuziehen und die heiße Luft zwischen ihre Beine gleiten zu fühlen. Aber sie konnte sich nicht mehr rühren. Sie war fasziniert von der Sonne und den schlüpfrigen Reden der beiden Frauen, die sie daran hinderten, sich zu bewegen, wie eine auf ihren Leib gestützte Hand.

Der Typ, von dem Marylènes Freundin schließlich sprach, mußte ihr Liebhaber sein, sagte sich Pomme. Die junge Frau unterbrach sich. Ihr Mann rief vom Hoftor aus: «Aufgepaßt, ihr Frauen! Ich bin es, und ich bin nicht allein!» Pomme drehte sich um und erblickte vier Burschen in weißen Shorts, die im leichten Dauerlauf näher kamen, sportlich und ungezwungen. Marylène und ihre Freundin fanden kein Ende, sich mit großem Geziere wieder anzukleiden.

Wenn der Junge mit dem tückischen Blick nicht die Scheune einriß, nahm er sich das Gestrüpp zwischen den Strauchhecken rund um den Besitz vor. Oder er quälte hingebungsvoll einen jungen deutschen Schäferhund, den zukünftigen Wachhund. Das fing mit freundlichen Klapsen auf die Schnauze des Welpen an, der zu beißen versuchte. Und es endete mit zwei oder drei wohlgezielten Fußtritten in den Bauch des Tieres. Oder er las ganze Stöße von Comics: Auf den Umschlagseiten waren schrecklich grinsende Gestalten zu sehen, bis an die Zähne bewaffnet, behelmt, von dem Zeichner in ihren blutigsten Schlägereien festgehalten. Überall im Haus nahm er sie mit, auch auf den Rasen. Pomme blätterte aus Neugierde ein paar Hefte durch und erheiterte sich an den abstoßenden Fratzen.

Der Junge bemerkte dieses Interesse, denn er hörte nicht auf, das Mädchen zu belauern, das sich nicht ausgezogen hatte. Er hockte sich neben Pomme ins Gras. Mit einem kriechenden Blick auf ihre Bluse sagte er, daß er ihr, wenn sie wolle, seine ganze Comicsammlung zeigen könnte. Pomme ärgerte sich etwas über den Widerwillen, den ihr dieser kindliche Muskelprotz einflößte. Sie folgte ihm in sein Zimmer. Auf dem Boden und an den Wänden ein beunruhigendes Durcheinander der von scharfen oder zerquetschenden (wie man hinterher sagt) Gegenständen und Feuerwaffen. In einem Regal bemerkte sie ausgestopfte Tiere, die der Bursche sich rühmte, eigenhändig getötet zu haben.

Nach ein paar Augenblicken hielt Pomme den Besuch des Leichenhauses für beendet, aber der Junge mußte wohl die Absicht haben, nun sie selber ein bißchen zu sezieren. Jedenfalls versperrte er Pomme mit seinem rosaroten steifen Oberkörper die Tür. Die Situation wurde heikel.

Zum Glück kam Marylène herein. «Was zettelt ihr beide denn hier an?» sagte sie mit lauter Stimme. Dann ganz leise zu Pomme: «Merkst du denn nicht, er will dich bespringen!»

Pomme hastete, so schnell sie konnte, die Treppe hinunter, gefolgt von Marylène und dem diesmal puterroten Jungen.

Abends im Zimmer sagte Marylène zu Pomme lachend: «Nun hast du also deine erste Eroberung gemacht!» Pomme erwiderte, daß sie dieses Haus nicht noch einmal betreten würde.

Pomme war Eis holen gegangen. Mit entschlossenen, flinken Schritten eilte sie zurück, wegen der Creme, die schon über ihren Daumen zu laufen begann. Für fünf Minuten wurde in dem Frisiersalon geschlemmt. Da war die Kassiererin; da war Jean-Pierre (die alten Krokodilhäute meldeten sich eine Woche vorher telefonisch an, um von Jean-Pierre frisiert zu werden). Und da waren natürlich auch Marylène und Pomme.

Jean-Pierre hatte in einer Ecke des Geschäfts eine alte Vettel unter der Haube vergessen. Sie bewegte sich noch. Die meisten dieser Damen waren entweder schon auf den Kanarischen Inseln oder im Flugzeug, das sie dorthin bringen würde. Außer denen natürlich, die das Schiff genommen hatten.

Pomme fegte die Krümel der Eiswaffeln und die Haare, die nicht mehr mit ins Flugzeug genommen worden waren, zusammen. Marylène saß in einem der Drehsessel und lackierte sich die Fingernägel. Jean-Pierre las in *L'Equipe* und pfiff vor sich hin. Die Kassiererin, die sehr dick war und seit ihrer Kindheit schwitzen mußte, las aus *Jours de France* die Horoskope vor. Es war zu heiß, als daß man sie hätte zum Schweigen bringen können: «Was bist du?»

«Stier», hatte Pomme geantwortet und ihren Besen gleichmütig an der Fußbodenleiste entlangfahren lassen.

«Hier steht, du sollst auf dein Gewicht achten.»

«Das stimmt, du ißt zuviel Kuchen», fiel Marylène matt ein.

Zur gleichen Zeit dachte der Junge mit dem Babykopf, den man die Woche über ganz allein in dem Landhaus gelassen hatte, leidenschaftlich an die beiden offenen Knöpfe an Pommes Bluse. In einem Pariser Fahrstuhl beeilte sich die Stiefmutter des Jungen (die «Rabenmutter»), ihre Strumpfhose anzuziehen (zuerst hatte sie beschlossen, keine Strümpfe zu tragen, so sehr schwitzte sie).

In Suresnes (falls nicht in Asnières) verkündete Pommes Mutter ihren Chefs, daß sich der Camembert nicht bis zum Abend halten würde. Auch bei dem Briekäse könne man nicht sicher sein. Ebensowenig beim Pont-l'évêque (Sire, das ist eine Revolution!). Sie sah dem Unheil, das sich bald zusammenbrauen würde, mit einem Gefühl der Ohnmacht, aber auch Schuld entgegen: Selbst wenn sie nichts dafür konnte, hatte sie es nicht gern, daß sich derartiges in ihrer Gegenwart ereignete.

In der Métro, zwischen Odéon und Châtelet, saß ein dicker, apoplektischer Kerl wie ein Steinklumpen auf seiner Bank, mit offenem Hemd, das Jackett, das wie ein Korkenzieher aussah, über den Knien. Er warf einen flüchtigen Blick auf einen Typ, der ihn nicht beachtete, weil er, der Typ, in diesem Augenblick mit ganzer Seele die Oberschenkel eines Mädchens begutachtete, das wiederum einen anderen Kerl musterte und darauf wartete, daß der sie endlich wahrnehmen würde. Dieser andere jedoch schaute auf den Apoplektiker, ohne ihn indessen wirklich zu sehen.

Der dicke Mann empfand seinen eigenen Körper als eine Zwangsjacke, ein Gefängnis. Er kam sich fürchterlich einsam vor in seiner Fettheit und seiner unfreiwilligen Häßlichkeit.

Da war etwas in ihm, vielleicht sogar eine unbestimmte Verlockung, die ihn beharrlich drängte, auf der Station Saint-Michel, wo der Zug gerade hielt, zu verschwinden, danach aus den Straßen, auch aus seiner Wohnung, für die er schon drei Monate mit der Miete im Rückstand war. Aber zunächst blieb er erst einmal sitzen, von der Hitze niedergedrückt, doch nicht so sehr wie sonst. Er überschlug, wieviel Wochen ihm noch zu leben blieben, bis er wie aus einem stinkenden Schließmuskel aus diesem Dasein ausgeschieden werden würde. Die Wirtin würde die Wasserspülung betätigen. Also blieb er auf seinem Platz sitzen, der ab Châtelet nicht mehr sein Platz war, denn hier hätte er aussteigen müssen, um nach Hause zu gehen. Aber das war seit drei Monaten schon nicht mehr sein Zuhause. Also blieb er sitzen. Er sagte sich, daß es draußen auch heute wieder denselben für Apoplektiker gnadenlosen weißen Fayencehimmel gäbe wie in den Métro-Stationen.

Der dicke Mann sagte sich ferner, daß er mit niemandem mehr irgend etwas zu tun hätte. Er hätte sich irgendwann wegschleichen müssen, jetzt oder schon früher; er war sich dessen nicht bewußt geworden. Nun sah er auf einmal die Dinge, die Plakate, das Stationshäuschen immer schneller an sich vorüberziehen. Es entglitt ihm. Er sah die Leute auf ihren Plätzen vorbeihuschen und dann die Namen: Strasbourg–Saint-Denis, Barbès–Rochechouart. Hinter Clignancourt, wußte er, würde kein weiterer Name mehr folgen. Nur noch ein schwarzes Loch, das vielleicht nie enden würde.

Undeutlich erinnerte er sich an seine Frau und seine kleine Tochter, die er eines Tages verlassen hatte, er wußte nicht mehr, warum. Vielleicht war Pomme seine Tochter. Vielleicht auch eine andere. Aber war das alles wichtig? Die Worte, die Namen, ihr Sinn hörten auf, an ihm vorbeizuziehen, Trigano, Banania, B. N. P., Arthur Martin; im Grunde ließ ihn das gleichgültig.

Zur selben Stunde fegte Pomme aus, Marylène lackierte sich die Nägel, Jean-Pierre pfiff eine Melodie. Oder lackierte sich Jean-Pierre die Nägel, und die Kassiererin fegte aus? Marylène las jedem sein Horoskop vor, Pomme pfiff die Melodie des Chérubino. «Sagt, holde Frauen . . .» Niemand dachte an den Apoplektiker, der bald sterben würde.

Aber entfernen wir uns nicht von unserem Gegenstand, das heißt von dem Augenblick, als Neil Armstrong seinen Fuß auf den Mond setzte.

Marylène hatte den Fernsehapparat auf ihr Bett gestellt. Pomme lag neben ihr. Das Bild war sehr schlecht, aber das machte nichts: Marylène und Pomme waren schon lange eingeschlafen.

Am nächsten Morgen beim Frühstück sagte Marylène zu Pomme:

«Diesmal läßt du mich also wirklich allein fahren?»

«Zu deinen Freunden?»

«Zu *unseren* Freunden», entgegnete Marylène wie eine Schmeichelkatze (sie gestand sich ein, daß sie eben wie eine Schmeichelkatze gewesen war). «Du weißt, sie mögen dich jetzt genauso wie mich: Sie finden dich allerliebst, sehr amüsant. Das haben sie mir gestern erst am Telefon gesagt.»

«Ihr habt über mich am Telefon gesprochen?» Pomme fühlte in ihrer Brust eine stechende Zärtlichkeit für Marylène und die andere junge Frau, die am Telefon über sie gesprochen hatten. Sie nahm einen tiefen Atemzug, dann noch einen zweiten und brachte dabei mit den Wogen ihrer inneren Bewegung die Tassen, das Marmeladenglas und die Teekanne in Gefahr, die auf ihrem Bauch standen. Die dicke Kumulus-Gloriewolke von Glück erreichte ihre Augen, die sich mit Tränen füllten, während Marylène sie verwirrt anstarrte. «Was hast du denn? Hab ich etwas gesagt, was ich nicht hätte sagen dürfen?»

Aber Pomme, völlig versunken in die Betrachtung ihres Doubles, über das man am Telefon gesprochen hatte, wußte nicht, was sie antworten sollte. Vor ihr eröffnete sich eine unerwartete Welt, in der «Pomme» der Gegenstand einer Unterhaltung sein konnte. Die Menschen um sie herum waren zu Spiegeln geworden, aus denen ihr eigenes Bild sie dabei überraschte, wie sie es ansah. Und was die anderen, alle anderen, ganz natürlich finden, daß man sich um sie kümmert und so ihre Existenz vervielfältigt, vielleicht sogar mit geschriebenen Worten, wurde für sie zu einem Wunder. Sicher, es hätte genügt, nur ein einziges Mal daran zu denken, um sich darüber nicht mehr zu wundern. Aber sie hatte nie daran gedacht.

Und plötzlich rief Pomme: «Oh, Marylène, ich liebe dich!» Dann, errötend über das soeben Gesagte: «Ich liebe euch alle sehr.»

Marylène spürte, daß sie sich herablassen mußte, und von einer edelmütigen Eingebung gepackt, sagte sie: «Wenn du nicht zu unseren Freunden mitkommen willst, werde ich auch nicht fahren. Übrigens steht die Ferienzeit kurz vor der Tür. Da können wir genausogut in Paris bleiben, nicht wahr?»

«Ja», hauchte Pomme vernehmlich.

«Wir werden die beiden Tage zusammen verleben und uns einen passenden Platz für den Urlaub aussuchen.»

Pomme erfuhr so, daß Marylène sie mitnehmen wollte. Den Abend verbrachten sie in Marylènes Appartement. Pomme hatte fünf Stück Kuchen gekauft, zwei für Marylène und drei für sich. Marylène wollte nur ein Törtchen, das sie ganz langsam mit ihrem Löffel zerkrümelte. Pomme aß alle anderen hintereinander weg, mit den Fingern, in einer Art Zärtlichkeit, die ihr von vorhin geblieben war.

Marylène sah Pomme mit echter Zuneigung zu, denn diese Kuchenstücke verkörperten für sie unmittelbar Pommes Rundungen. Und die Rundungen machten den Unterschied zwischen Pomme und Marylène aus und fast die ganze Freundschaft, die Marylène für Pomme empfand. Eine Freundschaft ohne Neid.

Auf der Station Réaumur-Sébastopol stieg Jean-Pierre aus, nachdem er den Tag damit verbracht hatte, im Frisiersalon Kamelhaut zu gerben. Oder vielmehr stieg er hoch, wie man es gewöhnlich tut, wenn man die Métro verläßt, um nach Hause, in die Rue du Caire, zu gehen. Er wohnte in einem großen, als Atelier eingerichteten Zimmer, in dem er Schlösser oder Matrosen nach der Phantasie malte. Da seine Bilder weder Schlössern noch Matrosen ähnlich sahen, schrieb er «Schloß» oder «Matrose» darunter, um sie zu unterscheiden.

Er ging die Rue Saint-Denis lang, wo ihm die Mädchen fragwürdige Angebote machten. Er murmelte höflich, vielleicht ein andermal. Aber er beschleunigte seinen Schritt nicht. Ab und zu musterte er eines dieser Geschöpfe sogar genauer, und er fand, sie sähen auf ihren zu hohen Absätzen wie alte kleine

Mädchen aus, die die Schuhe ihrer Mütter angezogen hatten. Im Grunde waren sie eher häßlich. Also ging er allein nach Hause, ein bißchen traurig vielleicht, immer allein heimzukommen.

Dabei hatte Jean-Pierre Erfolg bei Frauen. Vor allem bei alten. Sie rissen sich um ihn, damit er ihnen am Kopf herumfummelte. Das war noch immer, auch wenn man die Sechzig schon überschritten hatte, der Wiegetango, der große Schauer, wenn der Sessel nach hinten kippte. In solchen Momenten hatte Jean-Pierre etwas Müdes in seinem Blick, die urbane Müdigkeit eines mondänen Tänzers. In diesem Blick hätten die alten Vetteln so etwas wie «ein andermal, vielleicht ein andermal» lesen können.

Sie würden ans Meer fahren, aber wohin?

Von Auswahl konnte keine Rede mehr sein, dafür war es schon zu spät, aber in Cabourg am Ärmelkanal war noch ein kleines Zimmer zu bekommen. Und für August war es vor allem nicht zu teuer. Außerdem gab man ihnen im Reisebüro zu verstehen, daß sie es nicht zu nehmen brauchten. In den Sesseln hinter Marylène und Pomme warteten noch genug andere Leute. Manche mußten sogar stehen. Marylène leistete also eine Anzahlung und erhielt, wie auch Pomme, einen bebilderten Prospekt über «Cabourg, seinen feinkörnigen Strand, seine 1800 Meter lange Strandpromenade, sein Casino, seine Blumen im Casinopark».

Es war eine bescheidene Exotik, verglichen mit der Reise, die der Werbefachmann mit dem stählernen

Schnurrbart in Aussicht gestellt hatte. Marylène sollte nach Marokko fahren, in einen «Club» am Rande der Wüste. Dort hätte es Oasen und Fata Morganas gegeben, Palmen, Dromedare mit ihrem wiegenden Gang über die Dünen. Sie hätten nachts gebadet und sich danach am Strand geliebt. Sie wäre der großen Trunkenheit in der Nacht der Wildnis begegnet. Sie hätte dem Kampf des Tigers und des Nashorns gelauscht, der aus dem Inneren Afrikas bis zu ihr drang.

In Cabourg würde sie immerhin auch Dünen haben und ein Telefon (unten, im Laden des Besitzers). Und dann machte ja Marylène jetzt ganz auf bescheiden und einfach. Sie sagte zu Pomme: «Was für ein Glück du hast! Daß du zum Beispiel die Côte d'Azur nicht kennst. Da hast du noch alles vor dir.»

Pomme hatte noch nie das Meer gesehen, außer auf Ansichtskarten oder auf den Werbeplakaten der S.N.C.F., der Staatlichen Eisenbahngesellschaft, die sie gut kannte, da sie ja schließlich jeden Tag am Bahnhof Saint-Lazare umstieg.

Das Zimmer, das sie gemietet hatten, war noch kleiner und unbequemer als befürchtet. Draußen regnete es. Marylène packte schimpfend ihre beiden großen Koffer aus. Sie holte ihre kurzen durchscheinenden Kleider hervor, breitete sie vor Pomme aus und warf sie mit einer Geste unglücklichen Verzichts aufs Bett. «Das hier werde ich nie anziehen können...! Das auch nicht... Und das? Glaubst du, daß du mich in dem hier erleben wirst?» Pomme wies darauf hin, daß die Leute draußen Schirme aufgespannt hatten.

Endlich klarte das Wetter auf. «Es wird nur ein Schauer gewesen sein», sagte Pomme aus Freundschaft zu Marylène.

Sie hatte Lust, sich sofort das Meer anzuschauen. Marylène war auch nicht gerade böse, aus dem kleinen Zimmer herauszukommen, wo man das Wasser in der Regenrinne über dem Fenster abfließen hörte. Sie betraten die Strandpromenade.

Kein Meer! Es war Ebbe! Da war nur Sand, so weit der Blick reichte, und weit, weit in der Ferne ein schmaler, glitzernder Streifen. Nur wenige lebende Seelen irrten am Rande dieser Katastrophe umher, in Gummistiefeln und Regenmänteln. Auch Sonnenschirme standen da, aber alle zusammengeklappt. Einige waren umgestürzt. Der Wind schob die Wolken nach Osten, und in der entgegengesetzten Himmelsrichtung schimmerte die Sonne ein bißchen durch den grauen Marmor des Himmels. Pomme fror. Marylène legte einen ironischen Humor an den Tag und sprach von den Pullovern, die sie in Paris gelassen hatte. Man beschloß, den Spaziergang «in der Stadt» fortzusetzen.

Zwei- oder dreimal gingen sie die Avenue de la Mer auf und ab, wo es Schaufenster zu begucken gab. Sie kauften Ansichtskarten, die den «Casinopark» oder den «Jachthafen» bei schönem Wetter zeigten. Dann tranken sie beim «Tanztee» im Casino eine heiße Schokolade.

Ein Pianist, ein Bassist und ein Schlagzeuger spiel-

ten mechanisch. Manchmal fielen der Pianist und der Bassist aus. Für Sekunden drehte der Motor durch und lief nicht mehr auf vollen Touren. Dann drückte der Pianist seine Kippe auf einer Untertasse aus, spuckte kräftig in die Hände (oder etwas Ähnliches) und begann erneut in seinen Noten herumzukrauten. Alles kam wieder ins Lot.

Niemand tanzte, denn am Rande des Parketts saßen nur noch zwei andere Frauenpärchen, die vor ihren heißen Getränken genauso vor Langeweile zitterten wie Marylène und Pomme (in Wirklichkeit war es nur eins, das andere war lediglich das Spiegelbild, das ein großer Spiegel von Marylène und Pomme zurückwarf oder, genauer gesagt – den Gesetzen der Optik Rechnung tragend – von Pomme und Marylène). Der Pianist hatte das Alter und das Benehmen eines Parkwächters. Er verteilte seine verstohlenen Blicke gerecht auf alle anwesenden Frauen. Als der Ober das Wechselgeld herausgab, fragte Marylène, ob es noch andere «Musikschuppen» gäbe. Er nannte ihr die *Calypsothèque* nebenan, wo schon was los wäre, die aber erst abends geöffnet hätte.

Am nächsten Tag beendeten sie die Erkundung der Stadt. Es war noch immer frisch, aber der Wind hatte sich gelegt. Manchmal kam die Sonne durch und spiegelte sich in den Wasserpfützen auf den Bürgersteigen.

Marylène wollte zum «Garden Tennis-Club» gehen. Sie kauften zwei «Besucherkarten», die einen Monat lang gültig waren. Pomme und Marylène promenierten auf den kiesbestreuten Wegen. Pomme sah den Spielern zu. Marylène taxierte sie, befühlte sie mit den Augen wie Stoffe in den Auslagen auf dem Markt von Saint-Pierre. Pomme zog sich, auf Marylènes Arm gestützt, mehrmals ihre offenen Schuhe aus, um kleine Steinchen auszuschütten.

Marylène wurde immer mürrischer. Sie hatte sich vorgestellt, mit Pomme Ferien in der Art gutzerzogener junger Mädchen zu verleben. Aber dafür hätte sie

im Grand Hotel wohnen müssen. Sie hätte vom Portier ihre Pekinesen ausführen lassen. Sie hätte ihr Frühstück in einem Batistnachthemd eingenommen. Sie hätte Bakkarat gespielt und verloren. Sie hätte jeden Tag Rosensträuße von Unbekannten geschickt bekommen.

Aber selbst das entsprach nicht ganz ihren Vorstellungen, vom Wetter, vom Charakter der Stadt, der Häuser, der Gärten, von den fehlenden Modeboutiquen ganz zu schweigen. Besser wäre es gewesen, eine jener großen, etwas altmodischen Villen zu haben, wie man sie entlang der Strandpromenade sah. Man hätte Tennis können müssen und reiten (vielleicht als Amazone). Aber Marylène besaß nicht die passende Schönheit für derlei Situationen. Schön und groß, wie sie war, eignete sie sich zwar dafür, aber sie hätte weniger geziert sein müssen. Marylènes Stil war der von Juan-les-Pins; durchsichtige Blusen und die Konturen eines Slips unter der Hose. Keine plissierten Röcke, keine weißen Schuhe und keine Blusen von Lacoste. In einem Kabriolett, den nackten Arm lässig auf den Schlag gelehnt, fühlte sie sich viel eher in ihrem Element als mit vom Wind zerzaustem Haar, einen dicken Pullover übergezogen, auf einem quietschenden Fahrrad. Nun, Cabourg forderte eine frische, reine Eleganz. Kein Make-up, kein Braunbrennen, aber ein sauberer Teint (eine Spur Farbe), einfacher Blick, eine ungezwungene Feminität, lange Schritte über die Wasserpfützen. Drei Tage hintereinander dasselbe Kleidungsstück tragen, in den Schatten gehen, wenn die Sonne scheint, an den anderen Tagen in einem alten Regenmantel umherlaufen, ein aufgeweichtes Tuch um den Kopf.

Bis jetzt hatte Marylène von großen Reisen in den «Jets» der Pan Am geträumt, von tropischen Himmeln über Koralleninseln und von Sonnenbädern, nur mit einer Muschelkette bekleidet. Jetzt begriff sie, daß dies die Wollust der Büroangestellten war. Drei Wochen auf den Antillen für 4500 Francs, das war vom Teuren noch billig. Und mit einemmal erwies sich in Marylènes Urteil eine ganze Zivilisation als todgeweiht. Die Lido-Passage flammte auf im Flitterglanz ihrer Schaufenster. Den eigentlichen Chic entdeckte sie nur bei Fremden, unerreichbar. Sie konnte sich noch immer mit dem athletischsten

Reklamemann von ganz Paris aussöhnen und ihn närrisch vor Eifersucht machen; stets jedoch würde sie darunter leiden, die Sommer von damals an einem regnerischen Strand und nicht in einer großen, wohlklingenden Villa verlebt zu haben, zwischen Wänden, die mit Kinderlachen und einer leichten Staubschicht tapeziert waren. Sie gehörte zu den «Urlaubern», den Gästen, zu denen, die nur kommen und gehen; selbst bei den Reichen, die in den großen Hotels absteigen, ist das so.

Das war sicher eine Frage der Geburt, vermutete Marylène. Auch die prunkliebenden Alten aus dem Frisiersalon mußten weit entfernt sein von dieser ein bißchen herablassenden Lebensweise. Für ihre Art zu leben benötigten sie Schmuck, Pelze, Taschen von Hermès, Flugreisen. Und Marylène ahnte, daß es ganz in ihrer Nähe eine aus anderen Menschen und anderen Wesen bestehende höhere Spezies Mensch gab, die gewöhnlich hinter einer Mauer, einer Fensterscheibe verborgen war und zuweilen in alten, bequemen und praktischen Kleidungsstücken umherging. Dieser Menschenschlag brachte junge Frauen mit schlichtem Charme und unerträglicher Diskretion hervor, die die Gabe oder den Anstand besaßen, wenn sie sich zufällig oder aus Versehen mitten unter den anderen befanden, in Wirklichkeit woanders zu existieren.

Pomme verlor sich nicht in solchen Betrachtungen. Ihr genügte ein bißchen Sonne am Strand, um das Mittagessen, das sie gerade eingenommen hatte, sacht zu erwärmen. Da sie nicht schwimmen konnte, bedauerte sie es auch nicht, daß das Meer oft zu kalt war, um zu baden. Abends folgte sie Marylène in die *Calypsothèque*. Sie klopfte mit den Fingerspitzen den Rhythmus des nächtlichen Getöses auf den Tisch. Es machte ihr auch Spaß, wenn die Scheinwerfer wie rasend zu blinken begannen: rot, blau, rot, blau, rot. Die Leute sahen aus, als würden sie sich in Flammen winden. Doch danach kehrten sie unversehrt zu ihren Plätzen zurück. Sie wartete darauf, daß es wieder losginge.

Wenn man sie zum Tanzen aufforderte, lehnte sie höflich ab. Sie hatte – im Grunde genommen – ein bißchen Angst vor den roten und blauen Kurzschlüssen auf dem Parkett, aber sie sah gern den wollüstigen Verrenkungen zu, denen sich Marylène aus trotzigem Zorn, den aristokratischen Stil nicht zu beherrschen, hingab.

Pomme kam nicht auf den Gedanken, daß ihre etwas ungeschliffene, etwas runde Anwesenheit seit ein paar Tagen der Anlaß sein könnte, Marylène zu verstimmen.

Seit sie die Abende in der *Calypsothèque* verbrachten, war das so. Dort, bei der ohrenbetäubenden Musik, vergaß Marylène die Villen auf der Promenade und jenen Menschenschlag, zu dessen Füßen das Meer sanft erstarb. Marylène entdeckte ihre frühere Persönlichkeit wieder und forcierte bei jedem Tanz ein bißchen mehr die Ekstase ihrer Hüften unter der malvenfarbenen Seidenhose.

Pomme bemerkte nichts. Bis zu jenem Abend, als sie allein aus der *Calypsothèque* nach Hause ging.

Marylène kam am nächsten Tag vorbei, um ihre Sachen zu holen. Sie war kreuzfidel, sehr in Eile. «Man wartet unten auf mich.» Bevor sie die Tür hinter sich schloß, fügte sie noch hinzu: «Jetzt, meine Kleine, wirst du es hier bequem haben.»

Eine andere Version derselben Vorgänge ...

... Denn das weiter oben geschilderte ist unwahrscheinlich, nicht wahr? Wie zum Beispiel hätte Marylène ein Gespür für jene Eleganz der Mädchen aus den Villen haben können, die soeben als «herablassend» qualifiziert wurde? Für sie ist das alles völlig fremd. Wenn sie diese Mädchen bemerkt hätte, würde sie sie dumm und lächerlich gefunden haben.

Hier nun, was sich wirklich zugetragen haben mag: Zuerst langweilte sich Marylène. Der Wonnemond mit Pomme konnte nicht lange andauern. Es war nett, aber nur vorübergehend. Also würden wir Marylène bald in der Bar des Garden Tennis-Clubs auftauchen sehen. Pomme, die neben ihr sitzt, verschwimmt nach und nach im Gegenlicht, während sie eine Granatapfelmilch trinkt. Marylène schlürft einen Gin-Fizz. Der ist teuer, gibt aber Farbe, Festigkeit, Sicherheit. Und in einem Roman macht sich das immer gut.

Man läßt sich auf der Terrasse gegenüber den Tennisplätzen nieder. Marylène mustert die Spieler, mit der Absicht, sich selber mustern zu lassen. Wir würden sehen, wie sie mit dem Blick die Motorhauben der Sportwagen am Eingang zum Golfplatz streichelt. Wir würden hören, wie sie ihr klangvollstes

Lachen überallhin und bei jedem Wetter (Nebelhorn) ausschickt. Pomme trippelt hinterher. Marylène hat Pomme vergessen, die bei dieser außerordentlich beweglichen Herzensnot außer Atem gerät (die Strandpromenade, die Avenue de la Mer und dann noch einmal die 1800 Meter lange Strandpromenade usw.). Pomme kommt sich verwirrend zudringlich vor. Sie tut so, als wäre nichts geschehen. In demselben Bett wie Marylène schlafen, sich mit ihr waschen, sich ein bißchen kosen lassen, das war ein Nichts an Schamlosigkeit, verglichen mit der Zurschaustellung von Marylènes katzenhafter Brunst. Und doch will Pomme auch nicht, sie wagt nicht, den Zauber – so glaubt sie noch – ihrer gegenseitigen Zärtlichkeit zu brechen. Und dann kam, was kommen mußte, nicht wahr?

Marylène war einen ganzen Vormittag lang verschwunden. Sie hatte gesagt «ich gehe», statt des üblichen «wir gehen». Pomme wollte gerade aufstehen, holte tief Luft, um Marylène, wie sich das so eingespielt hatte, zu folgen, als das «ich» an Stelle des «wir» in ihr Bewußtsein drang. Sie setzte sich wieder (oder tat vielmehr nichts, weil sie noch gar nicht aufgestanden war, hatte jedoch das Empfinden, sich wieder hinzusetzen). Marylène hatte die Tür bereits hinter sich eingeklinkt. Pomme hörte sie die Treppe hinuntergehen; dann vernahm sie, wie eine Etage tiefer die Wasserspülung betätigt wurde, danach, vielleicht, das Klappern von Geschirr, schließlich nichts mehr. Es war sehr warm (an jenem Tag setzte eine ganz ungewöhnliche Hitze ein. Man erinnert sich noch heute in Cabourg daran). Pomme hatte keinerlei Lust, sich zu erheben. Sie döste eine Weile vor sich hin. Durch jemanden auf der Treppe wurde sie geweckt. Es war nicht Marylène. Sie schloß die Augen wieder. In ihr war tiefer Frieden. Draußen zwitscherten Schwalben.

Es war, als ob im Kino vor der Vorstellung die Lichter ausgehen. Aber der Film lief für Marylène. Pomme wurde klar, daß sie stets nur ein Anrecht auf Kurzfilme gehabt hatte. Sie empfand keine Traurigkeit darüber: Sie kam ganz einfach auf ihre unausgesprochene, aber alte und tiefe Gewißheit zurück, ein im Grunde belangloser Mensch zu sein.

Sie sah auf die Uhr. Es war noch Zeit, an den Strand zu gehen. Sie liebte die späte Nachmittagssonne ganz besonders.

Sie nahm eine Dusche, denn sie kam sich verschwitzt vor. Sie ließ sich ein paar Minuten auf dem Bett trocknen. Die Bettbezüge, die Zimmerdecke, das Zwitschern der Schwalben, alles wurde für einen Augenblick ganz frisch. Sie stand auf, musterte sich in dem Schrankspiegel. Sie fragte sich, ob sie eher schön oder eher häßlich war. Nackt zu sein war für sie immer wieder eine Überraschung. Es gab an ihrem Körper Partien, die ihr nicht vertraut waren. Sie warf einen fast verstohlenen Blick auf ihren Leib und ihre Brüste, so als wäre sie jemand anderes, vielleicht ein Mann oder ein Kind. Das war ihr nicht unangenehm. Sie zog ihren Badeanzug an und darüber ihr Kleid.

Aber am Strand kam sie sich mit einemmal zu

weiß, zu dick vor inmitten der schlanken Goldbräune jener Mädchen, deren Natur darin zu bestehen schien, sich in der Sonne auszustrecken und auf unwiderstehliche Weise zu Gegenständen der Betrachtung zu werden. Und Pomme wußte plötzlich nicht, was sie mit ihren Händen, ihren Beinen, mit ihrem Körper anfangen sollte, der ihr nur dann gehörte, wenn er seine Aufgaben verrichtete. Denn das war Pommes Natur, die sie den anderen Mädchen auf dem Sand (Blütenblätter auf einem purpurroten Tablett) entfremdete: Sie war für die Arbeit geboren. Und ohne genau zu wissen, warum, kam sich Pomme auf ihrem Badetuch nicht eigentlich häßlich vor, sondern fehl am Platz. Zumindest an jenem Tag hatte sie kein Geschick zum Müßiggang. Sie sah die anderen Badegäste jetzt so wie früher die Autofahrer auf ihrer Dorfstraße: Sie war durch eine Scheibe von ihnen getrennt. Auf ihrer Seite, jenseits der nackten Männer und Frauen, lag die Welt der Arbeit; das heißt eine Schamhaftigkeit, die ihr mit leiser Stimme gebot, sich wieder anzuziehen.

Auf dem Heimweg (Pomme hatte freilich gar nicht beschlossen heimzugehen: sie gehorchte nur einer Hand, die sie an der Schulter vorwärts stieß) bemerkte sie Marylène, die triumphierend in einem roten Straßenkreuzer neben einem Mann mit breiten Kinnbacken saß. Sie fuhr die Avenue de la Mer hinunter, gefolgt von einem Geleit anderer Autos. Ihr Blick auf die in den Rang der Menge zurückversetzten Menschen war der eines Staatschefs. Sie war die Königin, die Herrscherin, die Hoheit. Und Pomme fühlte sich in dieser Menge, in Marylènes Publikum, verloren, zutiefst verwirrt durch das leichte Lächeln, das ihr von so weit her, von so hoch oben zugeschickt wurde, daß sie es nicht zu erwidern wagte.

Als Pomme in ihr Zimmer kam, sah sie sofort, daß Marylène ihre Sachen abgeholt hatte. Sie fand einen kleinen Zettel: «Du wirst es jetzt viel besser haben, Liebes. Ich habe die Kleiderbügel, die du nicht brauchst, mitgenommen und Törtchen für dich auf das Fensterbrett gestellt. Ich umarme dich.»

Diesmal überfiel Pomme ein Gefühl grenzenloser Herabsetzung: Marylène war auf und davon, und was ließ sie ihr zurück? Etwas zu essen!

III

Aimery de Béligné bahnte sich durch die Menge des gemeinen Volkes einen Weg bis zur Hauptstraße des Ortes, die Avenue de la Mer hieß. Er trug ein Wams und blütenweiße Beinkleider. In der Linken hielt er seinen Tennisschläger in einem roten, kunstledernen Überzug. Er war in verschrobene Gedanken über die gegenwärtige Welt und sich selbst vertieft, wie sein Aufputz schon hinreichend anzeigt. Da bemerkte er Pomme, die auf der Terrasse einer Eiskonditorei saß, die Augen auf das langsame Zerfließen einer Kugel Schokoladeneis gerichtet: Diese Betrachtung nährte in ihr ein geheimes Gefühl der Unwiederbringlichkeit, und sie machte keine Anstalten, den Unbekannten, der neben ihr Platz nahm, abzuweisen.

Das war natürlich Aimery de Béligné, der ein Schokoladeneis bestellte «und noch eins für Mademoiselle».

Er hatte kaum Zeit gehabt, sich vorzustellen, als die Becher gebracht wurden; er studiere in Paris, an der École des Chartes. Aber er stamme aus der Gegend hier, wo das Schloß seiner Ahnen stehe (in Wirklichkeit sagte er nur «meiner Eltern»); er verlebe dort jedes Jahr seine Ferien. «Und Sie?» fragte er Pomme. Pomme blickte auf ihre neue Kugel Schoko-

ladeneis und sann darüber nach, was man an der
École des Chartes wohl lernen könne. Sie sagte, sie
sei Kosmetikerin. Leute gingen auf dem Bürgersteig
vorbei. Ein kleiner Junge pflanzte sich für ein paar
Sekunden vor ihnen auf. Er lutschte an einem rosafarbenen «Kalten Kuß» und sabberte dabei. Für seine
drei oder vier Jahre sah er sehr bekümmert aus. Er
begann von einem Fuß auf den anderen zu hüpfen,
wobei er traurig an seinem Hosenboden kratzte. Auf
einmal lief er davon.

Pomme besaß den plötzlichen Zauber eines vollkommen schönen Gegenstandes, der sich in einen Trödelhaufen flacher Ereignisse verirrt hat: ihr Schicksal,
das das Schicksal aller ist. Aber in dem Moment, da
sich der Schriftsteller dieser Gestalt bemächtigt, sie
einem Hauch Blütenstaub im Zufall des Windes
gleichsetzt, einer Winzigkeit von Tragik, hat er sie
innerlich schon zerstört. Vielleicht gibt es aber auch
keine Worte, die für die Beschreibung eines so zerbrechlichen Wesens subtil und scharfsinnig genug
wären. Nur in der Transparenz ihres eigenen Wirkens in den Tagen zwischen den Garnfäden kann
er sie als «Spitzenklöpplerin» herbeizaubern: nur
dann würde sie etwas unendlich Einfaches von ihrer Seele an seinen Fingerspitzen zurückgelassen
haben; weniger als ein Tautropfen, eine unbestechliche Echtheit.

Jetzt aber ist Pomme nichts anderes als ein unerfahrenes kleines Mädchen, das auf der Terrasse einer
Eiskonditorei dem Annäherungsversuch eines Gek-

ken antwortet. Wie soll man da noch spüren, daß Pomme unter den plumpen Manipulationen des Stils und des Zufalls eine unbedeutende und unerhebliche Sache bleibt, ergreifend durch ihre Schwachheit inmitten der Dingwelt und verführerisch durch ihre Wesensart, in Wirklichkeit noch ganz anders zu sein, als sie hier dargestellt wird?

Aimery hatte einen beweglichen und aufbrausenden Kopf, einen ätherischen Blick und eine hohe Stirn, so als wären ihm die Haare schon ausgegangen. Das Gesicht war sehr lang, die Nase über den schmalen Lippen und dem unscheinbaren Kinn sprang leicht hervor, bourbonenhaft. Er wirkte weitaus einnehmender, als sein erstes Erscheinen auf diesen Seiten hätte mutmaßen lassen.
Aber diese steile Stirn, diese hoheitsvolle Magerkeit erinnerten so sehr an die Felseinsamkeit mittelalterlicher Ruinen, daß es manchmal den Anschein hatte, er begebe sich zu Pferd durch die Heide oder über die Dünen. In Wirklichkeit steuerte er sein kleines Auto wegen einer leichten Kurzsichtigkeit mit großer Vorsicht. Es war ein uralter 2 CV, einer von der Sorte, bei denen die geringste Unebenheit der Fahrbahn zu Verstopfungen führt. Aber der junge Mann strahlte am Lenkrad dieses Gefährts den Ernst und die Würde eines Geistlichen aus. Die Heraufbeschwörung all des vergangenen Gepränges, aus dem heute seine zu dicke Nase, seine Kurzsichtigkeit, seine Schüchternheit sprossen, letzte Abkömmlinge vom Stammbaum der Bélignés, war für ihn eine Zu-

flucht gegen das Plebejische seines Autos und der gegenwärtigen Welt.

Aimery de Béligné hatte mit Pomme zumindest gemeinsam, in einem Woanders zu leben. Was auch ihn ein bißchen fremd machte. Das war einer der Gründe, warum er an die École des Chartes gegangen war. Pommes Anderswo war das Unendliche, das Tropfen für Tropfen mit jeder neuen Offenherzigkeit dieser Seele verrann, die wirklich an keiner anderen zu messen war, weil sie keine jener kleinlichen Klugheiten kannte, die man Intelligenz nennt, Geist.

Aimery hingegen war intelligent und ungestüm gebildet, wie man das in seinem Alter verzeihen kann. Auch er war schüchtern; und in dem Argwohn, die Neigungen und Freuden des Alltäglichen zu verschmähen, vor allem aus Furcht, zu ihnen keinen leichten Zutritt zu finden, warf er sich das manchmal vor, denn er war weder schön noch reich, noch witzig. (Wenigstens aber würde er eines Tages Chefkonservator in einem großen staatlichen Museum sein. Er zündete sich eine Zigarette an.)

Irgend etwas geschah. Aimery sprach auf Pomme ein. Er sprach sehr schnell und sehr klein, so wie manche Leute schreiben, ein Wort dicht an das andere gerückt. Pomme sagte nichts. Ein Teil von ihr hörte zu, aber nur ein kleiner Teil. Alles andere begann sich in das fast ein wenig zu laue Wasser eines verschwommenen Traumes zu stürzen. Etwas änderte sich. Auch für den jungen Mann. Die Leute kamen und gingen an diesem unauffälligen Paar vorbei, ohne etwas zu bemerken, sogar ohne es richtig wahrzunehmen. Aber auch sie selber bemerkten die Leute ebensowenig. All dies bedeutete fast nichts. Vielleicht eine winzige Veränderung in der Farbe und der Festigkeit der Gegenstände vor ihnen; der Kugel Schokoladeneis natürlich, aber auch der Becher und des kleinen runden Tisches.

Nichts hatte diesen Augenblick vorhersehen lassen, weder bei dem einen noch bei dem anderen. Keiner von beiden achtete darauf. Wurde ihnen überhaupt schon klar, daß sie bereits das Bedürfnis verspürten, sich wiederzusehen?

Das also geschah in Pomme, die bis dahin so verschlossen war, die Seele wie in einem Schneckenhaus: Ihr Schweigen wurde zu zwei kleinen Fühlern, die sich Aimery entgegenreckten, sich manchmal – aber nie ganz und gar – zurückzogen, wenn der junge Mann seinen Blick zu lange auf ihr ruhen ließ.

Für eine Weile glitten ihre Gedanken einsam nebeneinanderher. Jeder zog sich in sich selbst zurück, ohne zu versuchen, den Kokon abzuwickeln, in den sich der andere genauso eingesponnen hatte. Sie merkten nicht, daß dieser Einsamkeit, kaum eine Stunde, nachdem sie sich getroffen hatten, der mögliche Wunsch nach einem Leben zu zweit innewohnte.

Dieser Wunsch mußte in ihnen schon seit geraumer Zeit vorhanden gewesen sein. Jeder mochte ihn mit einer bangen Schüchternheit genährt haben, die im Grunde bei beiden kaum anders war. Und diese sonderbare Art von Gleichgültigkeit gegenüber dem anderen oder vielleicht sogar gegenüber der eigenen Gemütsbewegung war jetzt so stark, daß sie das Bild, den Tonfall, den Blick des anderen verwischte. Nachdem sie an jenem Abend auseinandergegangen waren, nicht ohne sich einzureden, daß sie sich am nächsten Tag ganz bestimmt wiedersehen würden, konnte sich keiner von beiden, plötzlich besorgt über das, was sie erlebt hatten, genau an das Gesicht des anderen erinnern, welche Anstrengung er auch unternahm.

Dieses Eintauchen in das eigene Herz und den inneren Traum erweckt äußerlich oft den Anschein von Ungehörigkeit; zum Beispiel all jene Fragen, die der junge Mann an Pomme gerichtet hatte und bei denen er noch nicht auf den Gedanken gekommen war, Antworten zu erwarten. Aber die Antworten würden zu gegebener Zeit kommen, sehr viel später. Pomme ihrerseits empfand kein Bedürfnis, Fragen zu stellen. Sie gehörte zu denen, die von Anfang an wissen, mit wem sie es in solchen Situationen zu tun haben. Nicht Aimery, aber so etwas wie eine Gewißheit, etwas in ihrem Inneren, gehörte ihr bereits. Ein kleiner Junge von drei oder vier Jahren pflanzte sich vor ihr auf, während Aimery sprach. Er lutschte an einem Gervais-Eis und sabberte dabei. Pomme lächelte dem Kleinen zu. Sie war sich nie bewußt geworden, daß sie Kinder mochte. Sie hätte den Jungen am liebsten gestreichelt, ihm die Haarsträhnen, die ihm in die Stirn fielen, zurückgeschoben. Aber er stand etwas zu weit weg; er hüpfte von einem Fuß auf den anderen.

An jenem Abend hatte Pomme das Gefühl von etwas wirklich Neuem in ihrer Existenz, aber sie wurde nicht gewahr, inwieweit ihr diese plötzliche Tönung ihrer Seele und ihrer Wangen bereits vertraut war. Ihr wurde nicht bewußt, daß diese Bekanntschaft nur ein erneutes Leuchten über einen Farbton warf, der vielleicht schon seit langem vorhanden war.

Für den Studenten lagen die Dinge nicht so einfach. Er war ein Junge mit Winkelzügen. Pomme hatte es ihm auf der Stelle angetan, er hätte nicht sagen können, wodurch. Was er in ihr zu finden glaubte, hatte er nie gesucht. Er wußte nicht einmal, was es war. Aber eines Tages würde er es erfahren. An Pommes Geheimnis würde er seinen Maßstab anlegen. Sie müßte wirklich und schnell das werden, was er von ihr geglaubt, von ihr gewollt hätte, wenn er fähig gewesen wäre, es auszusprechen. Ihm genügte es nicht, daß Pomme lediglich der Vorwand für seinen Traum und sein Verlangen nach ihr war. Vielleicht sind Frauen prädestinierter zu dieser Art Mystifikation und deshalb fähig, manchmal ihr ganzes Leben mit einem ganz anderen, als es ihr Gefährte wirklich ist, zu verbringen.

Pomme fiel an jenem Abend in einen Schlaf, der sie im Schoß der Nacht weit weg trug. Ihr träumte, sie würde wie eine Ertrunkene zwischen zwei Wassern dahintreiben. Es war vielleicht ein bißchen so wie der Tod, aber wie ein sehr friedlicher Tod, den sie schon immer erwartet hatte und der ihre Erfüllung gewesen wäre, ihre wahre, von den engen Gesten des Lebens befreite Schönheit. So schlief sie bis neun Uhr fünfundzwanzig.

Der künftige Konservator hingegen fand lange keinen Schlaf. Er konnte nicht umhin, sich, allein mit seinen Gedanken, im Bett hin und her zu werfen. Selbstverständlich ging es dabei um Pomme. Sie ritt neben ihm durch die Heide, eine Spitzenhaube auf dem Kopf. Auf seiner rechten Faust, die in einem schwarzen Lederhandschuh steckte, saß ein Jagdfalke, die linke Hand lag am Knauf seines Degens; aber dann merkte er, daß er sich so nicht auf dem Pferd halten konnte; er mußte eine andere Positur einnehmen. Später sah er sie ausgestreckt auf einem mit einem Baldachin versehenen Bett liegen. Sie war nackt unter der Durchsichtigkeit der Schleier, die um das Bett schwebten. Ein Windhund schmiegte sich an ihre Fersen. Ihr blondes Haar unterstrich den Goldbrokat der Kissen, auf denen ihr zerbrechlicher Nakken ruhte.

Über dieser Version schlief er ein, aber sein Schlaf war unruhig. Die Bilder drängten sich. Er hatte zu viele Träume auf einmal für nur eine Nacht. Er wachte sehr früh auf, wie zerschlagen von den Irrfahrten seiner Träume. Aber er fühlte sich voller Energie. Ihm wurde bewußt, daß er sich mit Pomme nicht verabredet hatte. Aber da alles dafür sprach, daß er sie wiedertreffen würde, beglückwünschte er sich zu dieser kleinen Ungewißheit, die ein geringfügiges Risiko in das hineintrug, was bereits ihr Abenteuer war.

Es war noch zu früh, um sich auf die Suche nach Pomme zu machen, und er beschloß deshalb, zwei Stunden Tennis zu spielen.

Genau dorthin wollte sich Pomme begeben, gleich nachdem sie zwei Stunden später aufgestanden war. Auch ihr wurde klar, daß sie keine genaue Verabredung getroffen hatten, aber sie war sicher, daß sie ihn trotzdem treffen würde; und da sie ihn am Tag zuvor in Tenniskleidung gesehen hatte, begab sie sich unverzüglich in den Garden Tennis-Club. Sie kam gerade noch zurecht, ihn in seinem Citroën abfahren zu sehen. Er hatte sie nicht bemerkt. Sie rannte trotzdem nicht gleich hinter dem Auto her, sondern ging gemächlich zurück. Sie promenierte lange durch die Avenue de la Mer, immer in der Nähe der Eiskonditorei, wo sie sich am Tage zuvor getroffen hatten.

Nach seiner Tennispartie hatte sich der künftige Konservator gesagt, daß Pomme bestimmt am Strand sein würde. Gleich nach zehn Uhr hatte er beschlossen, sich von seinem Partner schlagen zu lassen, um das Match schneller zu beenden. Dann hatte er sich buchstäblich in sein Auto gestürzt und den kürzesten Weg zum Strand genommen. Und während Pomme die Avenue de la Mer auf und ab schritt, kämmte er zweimal die achtzehnhundert Meter feinen Sand durch, Korn um Korn, Körper um Körper. Schließlich hatte er eine Erleuchtung: Pomme hatte sich bestimmt an den Ort ihres Zusammentreffens begeben. Er rannte fast zu der Eiskonditorei, während sich Pomme auf einem anderen Weg zum Strand

trollte. Er setzte sich auf die Terrasse, tief enttäuscht, daß er sie nicht angetroffen hatte, aber voller Hoffnung, sie bald zu entdecken, sie plötzlich unter den Passanten herauszufinden, die durch die Avenue strömten. Ohne daß er es sich erklären konnte, war er davon überzeugt, daß Pomme von rechts kommen würde. Die linke Seite dünkte ihm leer und feindlich. Hin und wieder warf er aber doch einen Blick nach links. Weil es Zeit zum Mittagessen war und er Hunger verspürte, bestellte er sich zwei Stück Kuchen. Währenddessen kämmte nun Pomme die achtzehnhundert Meter Strand durch und hielt mit einer Art Gier nach einem Körper Ausschau, der magerer und blasser als die anderen aussehen mußte. Aber sie fand nicht, was sie suchte.

Am Nachmittag kehrte der künftige Konservator an den Strand zurück, während Pomme in Richtung Garden Tennis-Club hastete. Ihre Wege kreuzten sich nicht.

Beiden war jetzt bang zumute: Eine große, eine heftige Leidenschaft war im Entstehen begriffen, angefacht von ihren aufeinanderfolgenden Enttäuschungen. Sich nur zu sehen, um ein einziges Wort zu wechseln, hätte ihnen eine Wonne bereitet, an die sie kaum noch zu denken wagten. Ein verpaßtes Rendezvous kann zwei Schicksale fester miteinander verbinden als jedes Wort, als alle Schwüre.

Schließlich, es war schon am späten Nachmittag, wandten sich beide, niedergeschlagen und erschöpft von dem vielen Hin und Her, im Abstand weniger Minuten demselben Ort zu. Pomme nahm als erste unter den verstohlen zärtlichen Blicken des Pianisten, der wie ein Parkwächter aussah, an einem Tisch Platz. Der Student betrat den Tanzsaal ein Weilchen später. Er brauchte nicht einmal Überraschung vorzutäuschen, als er Pommes Gesicht sah, das sich ihm mit einem Ausdruck der Hoffnungslosigkeit zuwandte.

Sie fanden absolut nichts, was sie hätten sagen können, und so saßen sie fünf Minuten unter den indiskreten Ermunterungen des Parkwächters nebeneinander. Der künftige Konservator hatte große Angst, Pomme würde tanzen wollen, denn er konnte nicht tanzen; und er ahnte nicht, daß Pomme sich das schon dachte (er war deshalb in den Augen des jungen Mädchens nur noch interessanter). Da schlug er ihr vor, nebenan Boule zu spielen (er hatte sich am Morgen etwas Geld eingesteckt, in der Absicht, Pomme zum Mittagessen einzuladen und – warum nicht? – zum Abendessen).

Man wird nicht darüber erstaunt sein zu erfahren, daß Pomme noch nie ein Spielcasino betreten hatte. Sie war völlig verschüchtert und spannte, von den neuen Eindrücken durchdrungen, alle ihre Sinne an: Da war der große grünbezogene Tisch und das Glücksrad, in dem die Kugel umhersprang, dann langsam zur Ruhe kam, von den Blicken wie magnetisch angezogen; und da war der Mann in Schwarz, der die rituellen Worte sprach, den Kontakt, die Spannung zwischen den Blicken und der Kugel herstellte: «Les jeux sont faits...? Rien ne va plus.» Seine Stimme wirkte bei dem «rien» etwas schlep-

Sie war entzückt…

…daß man so zu Geld kommen könne, einfach beim Vergnügen.

Das hielt nur wenige Zeilen vor, dann war sie bestürzt zu verlieren.

Man hat nicht immer leichtes Spiel mit dem Geld.

Pfandbrief und Kommunalobligation

Meistgekaufte deutsche Wertpapiere - hoher Zinsertrag - schon ab 100 DM bei allen Banken und Sparkassen

Verbriefte  Sicherheit

pend und verhärtete sich plötzlich bei der Schärfe des
«plus».

Dem Glück vertrauend, das er soeben wiedergefunden hatte, wechselte der künftige Konservator seinen Hundertfrancschein in Spielmarken zu je fünf Francs. Er erklärte Pomme die Regeln und gab ihr die Hälfte seiner Spielmarken. Er bedeutete ihr, daß es mathematische Regeln gäbe, die es gestatteten, den Zufall zu beherrschen, und daß er sie kennen würde (selber ganz erstaunt über seine Aufschneiderei). Pomme war entzückt, das zu entdecken. Und daß man so zu Geld kommen könne, einfach beim Vergnügen. Das Leben war doch viel reizvoller, als sie bis dahin zu glauben gewagt hatte.

Der künftige Konservator verlor sein Geld in weniger als zehn Runden, denn er setzte zumeist zwei Spielmarken gleichzeitig, um nicht für ängstlich zu gelten. Pomme brauchte länger, bis sie ihre letzte Spielmarke hergeben mußte, denn es war ja nicht ihr Geld; sie war bestürzt zu verlieren.

Nun hatte er also keinen Sou mehr, um sie zum Essen einladen zu können; da war guter Rat teuer. Er war noch nicht dazu gekommen, wie er es gewollt hatte, mit Pomme zu sprechen (aber was hatte er ihr eigentlich zu sagen?): Sie konnten doch nicht so auseinandergehen.

Pomme kam ihm zu Hilfe und schlug ihm vor, mit zu ihr zu kommen, sie hätte etwas Eßbares da. Er hielt dies für eine reizende Idee, oder vielmehr sagte er ihr, daß er dies für eine reizende Idee halten würde. Als er jedoch das Zimmer betrat, wurde ihm bewußt,

daß er aus der einen Verlegenheit in eine noch viel größere hineingeraten war; er befand sich mit einem jungen Mädchen allein in einem Zimmer: Mußte er sie da nicht sofort in die Arme nehmen? Er paßte auf, wie sie mit einem Büchsenöffner eine Dose grüne Bohnen aufmachte, sie dann in eine Salatschüssel goß, in der sie zuvor Öl mit Essig und einer Prise Salz verrührt hatte. Er sah nur ihren Rücken, und er fragte sich, ob dieser Rücken das Merkmal einer Erregung, einer Erwartung trug.

Sie aßen den Bohnensalat, ohne daß der junge Mann die Absichten des jungen Mädchens zu entziffern imstande gewesen wäre, das übrigens gar keine hatte. Sie war ganz einfach glücklich, mit dem jungen

Mann zusammen zu sein, essen zu können, und sie machte sich keine Gedanken über das Schweigen dieses jungen Mannes, der erstarrte, weil er nichts fand, was er dem jungen Mädchen hätte sagen können.

Als sie sich diesmal trennten, achteten sie darauf, eine genaue Verabredung zu treffen. Er ließ sie zweimal Zeit und Ort wiederholen. Dann ging er, ohne daß sich auch nur das Geringste zwischen ihnen abgespielt hatte; wie ein Kunde, der aus einem Geschäft herauskommt, in dem er sich einen Artikel auf Anzahlung hat zurücklegen lassen.

An den folgenden Tagen nahm er sie in seinem Auto mit, möglichst weit weg vom Strand, von den Menschen. Er unterschied sich damit von den anderen und deren alltäglichem Ausrichten der Körper auf dem Sand. Sie besichtigten Honfleur und die hohen, schiefergedeckten Häuser über dem stillen Wasser des alten Hafens. Pomme trug eine flaschengrüne Hemdbluse, einen kurzen engen Rock, eine Handtasche und hochhackige Schuhe aus rotem Lackleder. Aimery nötigte sie, sich einen Korb und Sandalen zu kaufen. Das ganze rote Lederzeug wurde in dem Korb verstaut. Aimery begann mit Pommes Erziehung. Zum Beispiel mochte er ihre kleinen goldenen Ohrringe nicht. Sie trug sie seit ihrem achten Lebensjahr: Sie erzählte ihm, wie der Juwelier ihr mit einer Nadel die Ohrläppchen durchstochen hatte. An jenem Tag war sie zum erstenmal in der Stadt gewesen.

Oberhalb von Honfleur, auf der Seite von Grâce, befand sich eine Kapelle, in der Pomme aufmerksam die Gelübde der Seefahrer aus der Segelschiffzeit las. Von hier aus sah man den Mündungsarm der Seine und noch weiter weg das Meer, das (auf diese Entfernung ein völlig glatter Spiegel) von riesigen Erdöltankern – langsam weiterwandernden Horizonten – unterjocht wurde.

Ein andermal sahen sie sich den Bayeux-Teppich der Königin Mathilde an, der ebenfalls dem Horizont über dem Meer glich. Aimery las und übersetzte Pomme die Geschichte Wilhelms des Eroberers, dessen Armeen sich auf Schiffe von der Größe einer Badewanne begeben hatten.

Wieder ein andermal fuhren sie die Felsenküste zwischen Villers und Houlgate entlang. Sie konnten die ganze Küste überblicken, von der Halbinsel Cotentin bis nach Le Havre. «Wie schön das ist», sagte Pomme. Und sie fügte hinzu: «Wie auf einer Karte aus dem Schulatlas.» Aimery erwiderte etwas, das mit «das Meer, das sich stets erneuernde Meer...» anfing und sich auch nicht viel gescheiter anhörte.

Nun, da er ihr nahestand, war er nicht mehr so besorgt, den Augenblick zu verpassen, an dem sie von ihm eine Liebesgeste erwartete. Natürlich mußte es einmal dazu kommen, auch wenn es nicht das war, was ihm auf den ersten Blick jene Art Liebe einflößte, die er für sie zu empfinden glaubte; aber die Situationen stellen ihre eigenen Ansprüche, denen man sich früher oder später beugen muß, das wußte er wohl. Er wollte jedoch, daß dieser Augenblick nicht zu früh einträte. Er ahnte, daß sein Traum von ihr sehr

schnell ein Ende nehmen könnte, wenn er sie wirklich besäße, und für den Augenblick fand er Gefallen daran, bei ihren Spaziergängen und Besichtigungen gewissermaßen einen Grundkurs an Poesie zu absolvieren, die moralische Toilette der Verlobten. Er bereitete sie für den großen Augenblick vor, ohne daß er indessen genau festlegen konnte, wann das sein sollte.

Das frische und belebende Klima von Cabourg ist insbesondere Kindern, älteren Menschen und Genesenden zu empfehlen. Unter Leitung eines staatlich geprüften Sportlehrers werden am Strand Gymnastikkurse durchgeführt. Erwachsene können sich hierfür anmelden. Außer Tennis und Golf sowie zahlreichen anderen sportlichen oder unterhaltenden Aktivitäten stehen den Urlaubern zur Auswahl: Reiten, eine Segelschule, der Bridge-Club und natürlich das Casino mit seinem vorbildlichen Orchester, seinem Boule-Spiel, seinem Roulette und der allsonnabendlichen Gala-Soiree mit einem bekannten Schlagerstar.

Der feinkörnige Strand ist breit, vor allem bei Ebbe; man kann Umkleidekabinen oder Sonnenschirme mieten. An alles ist gedacht, um die Kinder zu unterhalten und den Eltern ihre Ruhe zu gönnen: Esel- oder Ponyreiten, ständig bewachter Spielplatz und jede Woche ein Wettbewerb um die schönste Sandburg, bei dem zahlreiche Preise vergeben werden.

Unter den Festlichkeiten, die regelmäßig vom Fremdenverkehrsamt veranstaltet werden, dem seit dreiundzwanzig Jahren der dynamische und stets junge P. L. vorsteht, sollte vor allem der Blumenkorso Ende Juli Erwähnung finden. Cabourg wird mit vollem Recht der «Blumenstrand» genannt, und für diesen Tag trifft das in ganz besonderem Maße zu: Die Geschäftsleute der Stadt überbieten sich bei der Ausschmückung der Wagen, die auf der Promenade paradieren, an Phantasie und Geschmack. Die Kinder aus den Schulen und der Kirchengemeinde werfen Blütenblätter in die Menge. Ein paar Tage später findet, ebenfalls auf der Strandpromenade, der Wettbewerb um das elegante Automobil statt. Die Preisverleihung wird im Casino vorgenommen. Am gleichen Abend werden die männlichen Zuschauer unter den jungen Mädchen, die der sympathische Vorsitzende des Fremdenverkehrsamtes vorstellt, die Miss Cabourg wählen.

Pommes Gesicht hatte etwas Reines und Lesbares. Dennoch konnte man darin lediglich etwas sehr Naives und Trügerisches entziffern. Aber ging es überhaupt ums Entziffern? Der Student machte sich ein Vergnügen aus dem Gedanken, mochte darin gleichsam eine zeitweilig unentschlüsselbare Botschaft enthalten sein. Aber die Substanz, aus der Pomme gemacht war, erwies sich als eine fehlerlose Undurchsichtigkeit: wie ein Edelstein, dessen Vollendung darin bestanden hätte, keinen Glanz zu besitzen.

Und die Bemühungen Aimerys, sich Pommes zu bemächtigen, um ihr Farben aufzutragen, Lichter, entsprechend dem, was er von ihr glauben wollte, scheiterten alle auf dieselbe Weise. Das junge Mädchen bestand aus einer Masse, die zwar leicht formbar war, jedoch die Eigenschaft besaß, den Abdruck, den man hinterlassen hatte, sofort wieder zu verlieren. Bei der geringsten Unachtsamkeit seinerseits wurde sie zu einer vollkommen weißen und glatten Oberfläche.

Pomme schien sich mit den Worten Aimerys vollzusaugen, mit den Landschaften, die er ihr zu bewundern gebot, oder mit Musik, zum Beispiel mit jener Symphonie von Mahler, die sie mit dem Kofferradio gehört hatten, das von Marylène in dem möblierten Zimmer vergessen worden war.

Und der junge Mann hatte vielleicht entdeckt, woher die geheimnisvolle und glanzlose Schönheit

Pommes rührte. Sie war ein Rinnsal unter den großen dunklen Bäumen eines bayrischen Waldes, dessen Lauf keiner Quelle irgendwo in der Erde entsprang, sondern sich aus den Güssen der Sonne zwischen den Tannen speiste. Die Sonne bewirkte so über dem Gras eine Art Dunkelheit.

Nachdem die letzte Note der Symphonie verklungen war, hatte sich Pomme behutsam erhoben, die Hände vom Radioapparat gelöst und an ihr Gesicht gelegt, wie um das letzte Rauschen der hohen Zweige aufzufangen, die durchflochten waren von der Musik und von ihrer Seele. Dann war sie gegangen, um das Geschirr abzuwaschen, das noch vom Mittag dastand.

War Pomme nicht vielleicht das: ein Traum, der im Schaum eines Waschbeckens oder in den Haarbüscheln auf den Fliesen des Frisiersalons erstarb? Die Schlichtheit des jungen Mädchens wies eine natürliche Übereinstimmung mit den subtilsten Wirkungen der Kunst auf; zugleich auch mit den Dingen, den Gegenständen. Und das eine war vielleicht nicht ohne das andere möglich. Die unerwartete und unbewußte Schönheit, die von Pomme bei ihren täglichen Verrichtungen ausging, wenn sie wusch, wenn sie das Abendessen bereitete, immer geprägt von der schlichten Majestät ihrer Geste als «Spitzenklöpplerin», stand zweifellos sogar über einer Symphonie von Mahler.

Aber das hätte der Student nicht gelten lassen können. So anspruchslos war er nämlich nicht. Das Schöne, das Kostbare mußte seinen eigenen Platz haben, entrückt von der übrigen Welt, in der das Banale und Häßliche herrschten. Und Pomme konnte nur noch durch ihre Arbeit oder in ihren Gesten auserlesen sein (auf mehr hatte sie kein Anrecht), aber das verschloß ihr jene höhere Region außerhalb der Welt, in der sie der Musik gelauscht hatten.

Er war indessen nicht gänzlich unempfindlich gegenüber dieser beständigen und eigentlich unerwarteten Einheit von Pomme mit sich selbst, mit den Gegenständen, die sie berührte. Dennoch blieb diese an sein Vermögen und sogar an seinen Wunsch zu bewundern und zu lieben gerichtete Bitte gar zu unstatthaft. Er empfand bei der Begegnung mit Pomme eine Art Groll, selbst wenn er ihn sich nicht eingestand: Sie war in Wahrheit dem so nahe, was er von ihr erwartete, aber so fern von dem, was er zu sehen gewählt hatte.

Pomme mag zustoßen, was will, im Grunde bleibt das ohne Bedeutung. Sie wird nichts anderes sein, als ihre Geschichte und darin völlig unversehrt wie sie völlig unversehrt in ihren Gesten ist. Daß sie so sehr an eine Art Jenseitigkeit, Unendlichkeit erinnert, hat nichts zu besagen oder fast nichts, vielleicht. Und wenn man dann versucht, sie – ohne daß sie es merkt – vor der einfachen Berührung mit den Dingen in ihr zu bewahren, wenn man endlich erfahren möchte, wer sie wirklich ist, dann entgleitet sie, verschwindet, als wäre sie stets nur eine Einbildung, eine Illusion gewesen.

Im Augenblick geht sie gern spazieren, wie Aimery; verabscheut sie den Strand, wie er. Sie liest ein Buch, das ihr Aimery gegeben hat. Die *Astrée* in einem alten braunen Ledereinband. Sie liebt den Deckel des Buches. –

Pomme zog oft die Blicke auf sich, bemerkte der künftige Konservator eines Tages. Und es waren eindeutige Blicke von unverhülltem Verlangen. Es schmeichelte ihm etwas, neben einem Mädchen herzugehen, dessen Begehrlichkeit ihm deutlich gemacht wurde; aber gleichzeitig fühlte er sich bedrückt, weil er für sie eher eine Art Rührung empfand, die im Grunde genommen sehr keusch war. Die Blicke, die er auf ihr ruhen sah, verliehen dem Mädchen zweifellos einen Preis, beraubten es jedoch gerade jenes Wertes, den er bei Pomme finden wollte. Und bald erbitterten ihn diese Blicke. Er empfand eine seltsame Eifersucht darüber zu sehen, wie ihm etwas weggenommen wurde, was zu bekommen er selber nicht für wert hielt.

Und als er sich zwei Wochen nach ihrem Kennenlernen dazu entschloß, mit ihr zu schlafen, so geschah das auch aus einem dunklen, unruhigen und letztlich kleinmütigen Verlangen heraus, Schluß zu machen mit jener Art von Skrupeln oder Zweifeln, nicht zu wissen, wer Pomme war, wer sie für ihn gewesen wäre. Er versuchte sich nicht mehr einzureden, daß sie irgendwo, in einer weiten Ferne, einmal kostbar war. Im Gegenteil, er hatte Angst, sie zu lieben, sich an sie zu binden. Er kannte sie noch keine vierzehn Tage, und schon, Gott weiß wie, gehörte sie zu seinen Gewohnheiten; sie war in sein Leben eingedrungen, durchsetzte es, wie sich Wasser mit Pastis vermischt. Aber er duldete nicht, daß sie ihm eines Tages fehlen könnte. Er mußte sie in ihre Schranken weisen und gleichzeitig von sich fernhalten.

Und dann waren die letzten Ferientage angebrochen. Beide würden nach Paris zurückkehren. Der junge Mann fürchtete, gegen seinen Willen, die Spitzenklöpplerin würde ihm bei der Abreise ungeniert und ohne Hoffnung adieu sagen. Und diese Furcht enthüllte ihm, dieses eine Mal, ein Empfinden für die Persönlichkeit Pommes: Sie liebte ihn, daran war nicht zu zweifeln, aber sie hätte den Faden ihrer Geschichte ohne weiteres zwischen den Zähnen zerrissen und das Nähzeug weggeräumt, ohne anscheinend noch länger daran zu denken. Da wollte er sie wissen lassen, daß er in gewisser Weise an ihr hinge, ohne es freilich offen zu sagen. Er wäre sich lächerlich vorgekommen. Und wäre es tatsächlich gewesen, denn was er für sie empfand, konnte nicht Liebe «genannt» werden, selbst wenn diese Unruhe in irgendeiner Weise (nun aber in Wahrheit) Liebe war.

Dabei begehrte er sie nicht. Dafür war er zu sehr mit all diesen Fragen beschäftigt. Sein Körper war gehemmt. Mehr als einmal hatte er geglaubt, seine Lippen auf der warmen, ein wenig nach Ambra duftenden Haut des jungen Mädchens entlangstreichen zu spüren, an der Stelle, wo sich der Nacken von dem Träger des Büstenhalters abhebt. Aber nichts war geschehen: Er hatte wie üblich mit ihr gesprochen, und nur Worte hatten den Platz eingenommen, der den Lippen zugewiesen worden war.

Also sprach er weiter mit ihr. Linkisch, aber das junge Mädchen brach nicht in Gelächter aus. Sie schien einen Augenblick lang nachzudenken; dann sagte sie, es solle geschehen, «wann er wolle». Aimery war erleichtert, aber gleichzeitig von einer so einfachen Antwort enttäuscht. Das entsprach weder der Mühe, die er aufgewendet hatte, um sich auszudrükken, dachte er, noch, und das vor allem, der Gewichtigkeit des Umstandes. Pomme hatte ihm schon bedeutet, daß sie noch Jungfrau war. Er glaubte es. Warum dann also diese widerspruchslose Unterwerfung? Hatte das für sie so gar keine Bedeutung? Wenn er mit sich selbst konsequent gewesen wäre, hätte er sich eine solche Frage nicht gestellt. Hatte er nicht gewittert, daß auch eine mögliche Trennung für das junge Mädchen unbedeutend war?

Man setzte fest, daß es noch am selben Abend geschehen solle. Während des Tages, den sie wie die anderen damit verbrachten, achtsam über die schmalen Straßen des Hinterlandes zu fahren, zeigte sich Pomme in keiner Weise beunruhigt. Sie war mit Aimery einer Meinung, daß die Gegend großartig sei, wie an den anderen Tagen auch. Als sie auf dem Rückweg aus dem Auto stiegen, um auf die Hafenmole von Ouistreham zu gehen, nahm sie seine Hand.

Dort saßen sie sich gegenüber und aßen zu Abend. Mehrere Male noch legte sie ihre Hand auf die des jungen Mannes. Erstaunt musterte er Pommes Gesicht, in dem noch immer nichts zu lesen stand. Er erinnerte sich der Entscheidung, die sie am Morgen

getroffen hatten; es war wie eine sehr ferne Erinnerung. Er sagte sich, jetzt halte ihm Pomme die Hand hin, er lasse seine Hand sacht in ihrer, und sie würden ein sehr altes Paar abgeben. Ein ruhiger Strom Zärtlichkeit floß von einer Seite des Tisches zur anderen, zwischen den Tellern, den halbleeren Gläsern und den Platten hindurch. Und unter dem Leuchten dieses Gefühls wurde Pommes Gesicht, zwar nur für einen kurzen Augenblick, dafür aber deutlich, entzifferbar, selbst in seiner Undurchsichtigkeit: Es war das Gesicht seiner Frau.

Pomme fröstelte nach dem grünen Salat ein bißchen. Er ging ihren Schal holen, den sie im Wagen gelassen hatte, und legte ihn ihr um die Schultern. Sie sagte «danke» zu ihm; sie lächelte wie eine junge schwangere Frau. Da unterdrückte der Student eine Regung des Aufbegehrens: Entweder hatte er mit sich spielen, hatte er sich in die Falle locken lassen, oder er war im Begriff, diesem wehrlosen Geschöpf etwas Abscheuliches anzutun. Er zündete sich eine Zigarette an.

Als sie zurückfuhren, zählte er die Kilometersteine bis Cabourg. Wenn es eine ungleiche Zahl wäre, würde er nicht mit in das Zimmer hoch gehen. –

Nun aber handelte es sich nicht mehr darum, zu wollen oder nicht zu wollen: Die Dinge hatten entschieden. Was sich jetzt noch zwischen Pomme und dem jungen Mann abspielen würde, war bereits das Ende ihrer Geschichte. Aimery argwöhnte es, aber er konnte nichts mehr aufhalten: Es war wie das plötzliche Sichbewußtwerden einer Müdigkeit bei einem Spaziergang, den er darauf sofort hätte abbrechen wollen; aber es blieb der Rückweg. Während dieses ganzen Rückweges würde der Spaziergang für ihn nicht aufhören, bereits zu Ende zu sein.

Bis zum allerletzten Augenblick hatte er geglaubt, noch frei genug zu bleiben, um dieses Abenteuer zu stoppen oder seinen Kurs zu ändern (der Spaziergänger sah noch den Hügel, von dem er aufgebrochen war: in Gedanken konnte er sofort dorthin zurückkehren). Nichts war geschehen, es konnte nichts geschehen sein, abgesehen von einem kurzen Ausflug mit einem jungen Mädchen aus einer anderen Welt, dessen Erinnerung er zwischen zwei Seiten eines Ovid-Bandes oder der Grammatik von Plaud und

Meunier bewahren würde. Aber wann war wirklich jener «letzte Augenblick» gewesen, bevor es zu spät war? War das, bevor er seinen Vorschlag machte und sie ihn annahm, oder aber bevor sie ihn ausführen würden?

Jedenfalls war an diesem Tag alles so verlaufen, als wären beide von einer Macht beherrscht, die ihnen fremd war, etwa so, wie die Regeln der Grammatik unsere Sprache beherrschen. Am Ende mußte gesagt werden, was man nicht vorhatte zu sagen. Und das hatte sich seit dem Zeitpunkt ihres Kennenlernens angestaut. In Wahrheit vielleicht sogar schon vorher. Es gab einen Anfang, bevor es anfing. Und jetzt war dies das Ende, bevor es noch zu Ende war. Auf der Rückfahrt von Ouistreham sah der Student die Kilometersteine mit einer Art Bitterkeit vorbeihuschen. Wenn sie eine ungerade Zahl ergäben, würde er nicht mit in das Zimmer hoch gehen. Aber er wußte, daß es achtzehn sein würden. Er wußte auch, daß dieses «zu spät», mit dem er gespielt hatte wie ein Kind mit dem Feuer, jetzt war. Er begehrte Pomme nicht, vor allem wollte er nicht mit ihr zusammen leben. Dennoch würde er es tun, zumindest eine Zeitlang. Warum das alles? Einfach weil es angefangen hatte, und dann, weil es dafür eine Regel gab: Er hätte nicht recht sagen können, welche. Aber es hatte angefangen; es mußte auch ein Ende geben. Aimery ging an jenem Abend hinter Pomme die Treppe hoch in einer Art widerwilligem Gehorsam, mit dem Gefühl, etwas schemenhaft Absurdes zu tun. Alles, was jetzt noch folgte, würde zuviel sein.

Sie hatte sich ohne Eile ausgezogen, so wie sie es jeden Abend tun mochte. Sie hatte ihre Hose Bügelfalte auf Bügelfalte gelegt, bevor sie sie über eine Stuhllehne hängte. Der junge Mann war wie versteinert angesichts einer solchen Gelassenheit; und daß er seit dem Morgen nach einer Geste körperlicher Zuneigung zu Pomme suchte, kam ihm angesichts dieser so einfachen und stummen Kaltblütigkeit wie eine lächerliche Anstrengung und ein albernes Problem vor. Aber er wußte nicht, daß Pomme für gewöhnlich weniger zaghaft war.

Sie war unter die Decke geschlüpft und hatte auf ihn gewartet, noch immer ohne ein einziges Wort. Auch er fand nichts zu sagen. Aber er hatte sie wahrgenommen in dem Augenblick, bevor sie in das Bett huschte, nackt, leicht zusammengekauert, als wäre ihr kalt. Und das sofort wieder entzogene Sichdarbieten dieses Körpers, der plötzlich unschätzbar war, weil man ihn nur eine Sekunde bei einer schüchtern gebilligten Enthüllung sehen konnte, hatte die Hand des jungen Mannes an die Bettdecke geführt; Pomme war durch diese Hand, die nun ihrerseits zaghaft wirkte, langsam aufgedeckt worden.

Er liebte sie mit tiefer Andacht und noch immer mit derselben aufdeckenden Geste. Das Vergnügen hatte er schon kennengelernt, aber noch nie dieses tiefe Empfinden. Es klang jedoch mit dem Vergnügen ab, als sei die Quelle versiegt, die demnach nicht das Mädchen selbst war.

Hinterher sprachen sie über ihr gemeinsames Leben in Paris, im Zimmer des Studenten. –

Pomme schlief ein. Aimery lauschte ihren Atemzügen. Nichts hatte sich geändert. Derselbe Frieden, unempfindlich, unverständlich. Er blieb allein. Er hätte sie am liebsten aufgeweckt, geschüttelt, damit sie irgend etwas sagte, daß sie glücklich sei oder traurig, gleichgültig, was. Er erhob sich, trat ans Fenster. Der Himmel war wie schwarzer Lack. Kein Sternenmantel funkelte. Ein warmer Nieselregen fiel herab. Dann nichts mehr. Kein Wind. Weit in der Ferne rauschte das Meer. Er wollte sie nicht aufwekken. Wozu auch? Sie würde nicht weniger anwesend sein als auf dem Grunde ihres Schlafes. Also wartete er darauf, daß es tagte. Er war nicht unglücklich. Nicht einmal enttäuscht. Er faßte sich in Geduld. In Paris würde es sicher anders sein. Die Zeit würde vergehen. Er fragte sich, ob er nach ihrer Trennung noch an Pomme denken könne. Er empfand ein bißchen Heimweh nach seiner Zukunft.

Der junge Mann wurde Pommes Mutter vorgestellt, irgendwo in der Nähe von Nanterre oder Suresnes. Pomme spielte den Dolmetscher, wie zwischen zwei Staatsoberhäuptern, die nicht dieselbe Sprache sprechen. Alle waren äußerst schüchtern. Der junge Mann benahm sich sehr förmlich. Die Dame des Hauses ließ ihn, in bester Absicht, wissen, daß sie «zu Diensten» stand.

Noch am gleichen Tag richteten sie sich in dem Zimmer des Studenten ein, einer häßlichen Mansarde in der Rue Sébastien-Bottin Nummer 5. Aber die Innenausstattung hatte einen etwas bürgerlichen Anstrich, zumindest wenn man nicht genau hinsah. Pomme konnte anfangs ihre Überraschung über die extreme Bescheidenheit der Behausung nicht verbergen. Sie paßte nicht zu den Vorstellungen, die sie sich von ihrem Freund gemacht hatte. Und überhaupt hätten in einem Zimmer unter dem Dach Blumen am Fenster sein müssen, hübsche Ansichtskarten an den Wänden, eine ganz bunte Bettdecke, eine Gitarre, Notenblätter, sogar auf dem Boden, Kerzen als Beleuchtung. Armut war für einen Studenten schließlich nur ein vorübergehender Zustand. Pomme hatte einmal im Fernsehen «Die Jugend Schuberts» gesehen.

Sie brauchte nicht lange, um von der Örtlichkeit bis in die kleinsten Winkel Besitz zu ergreifen. Sie seifte die Wände ab und bohnerte den Fußboden. Sie ordnete die Bücher nach Größe und Farbe; sie kaufte Stoff, um Vorhänge zu nähen; sie legte die Fächer des Wandschrankes mit Glanzpapier aus, weil das sauberer war. Schließlich wurde das kleine Bett des Studenten gegen ein großes von ein Meter vierzig Breite ausgewechselt. Sie mußten den Arbeitstisch hinauswerfen, der so dicht am Fenster stand, daß sich dieses nicht mehr öffnen ließ. Statt dessen wurde mit viel Geschick ein Bridgetisch ausgesucht, den man zusammenklappen und unter das Bett schieben konnte, wenn sie das Fenster öffnen oder sich etwas mehr Platz verschaffen wollten.

Pomme wollte kochen. Auf dem Bridgetisch würde ein Blumenstrauß stehen. Ein Kocher wurde angeschafft. Eine der Steckdosen mußte verlegt werden.

Aimery murrte ein bißchen, das würde Ärger mit seiner Wirtin geben, er sei nicht sicher, ob er das Recht dazu hätte, es würde dann nach Essen riechen. Trotzdem schickte er sich darein, die neue Steckdose an der Scheuerleiste anzubringen: Das war schließlich Männerarbeit.

Man erwarb einen kleinen Hängeschrank, in dem die Toilettengegenstände untergebracht werden konnten, wenn sich das Waschbecken in einen Ausguß verwandeln mußte.

Aimery fand es amüsant, in einem Bild zu leben, mit blau-weiß-karierten Baumwollvorhängen. Er bedauerte es keineswegs, sein bißchen Platz zu teilen und immer, wenn der Tisch unter dem Bett zu verschwinden hatte, seine Aufzeichnungen und seine Bücher sorgfältig wegräumen zu müssen: lächelndes Durcheinander der Liebe in einer Mansarde.

Pomme stand morgens als erste auf. Er sah ihr beim Waschen zu: Sie hatte am Hüftansatz zwei Grübchen und ganz runde Schultern. Sie zog sich rasch an, ohne Lärm zu machen. Dann küßte sie ihn auf den Hals. Er tat so, als würde er davon aufwachen, halb lächelnd, halb knurrend. Er stand auf, wenn sie weg war. Er ging hinunter und trank im *Jean-Bart* seinen Kaffee. Zusammen mit zwei Hörnchen. Eine halbe Stunde lang sann er über seine Zukunft nach. An Pomme dachte er hierbei nur zeitweilig.

Pomme beglich freundlich und fröhlich die zusätzlichen Kosten des Haushaltes; ihre Anwesenheit wirkte nicht belastend; sie verstand es, nach dem manchmal einsilbigen Belieben des jungen Mannes mit der nachdenklichen Stirn zu verschwinden.

Abends kam sie, nach Erledigung der Einkäufe, nach Hause. Da der Student noch Ferien hatte, blieb er auf dem Zimmer und las, oder er nutzte die schönen Septembertage, um an den Quais oder in den Tuileriengärten spazierenzugehen. Manchmal brachte er eine Stunde im Louvre zu. Diese Zeit würde eine der glücklichsten seines Lebens sein. Niemals hatte er einen ähnlichen Geschmack von Freiheit, von Frieden mit sich selbst ausgekostet. Den ganzen Nachmittag bummelte er umher. Erst bei Sonnenuntergang kehrte er über die Pont des Arts, vorbei am Institut de France und durch die Rue de l'Université nach Hause zurück: Sein augenblickliches Leben, dachte er, würde mit der reichsten Bedeutung dieser zauberhaften Namen angefüllt sein. Es war schließlich etwas anderes, als in der Rue Edmond-Gondinet im XIII. Arrondissement zu wohnen oder an der Place Octave-Chanute, über einem Félix Potin! An Pomme dachte er erst, wenn er die Treppe hochstieg. Manchmal versuchte er, sie in irgendwelchen Geschäften zu finden.

Er hatte Pomme beigebracht, wie sie sich kleiden sollte: anders als in dem Frisiersalon. Sie trug jetzt Blue jeans und Leinenschuhe wie am Strand (zur Arbeit zog sie einen Rock an und Lackschuhe). Sie hatte sich davon überzeugen lassen, unter der Bluse auf den BH zu verzichten. Ihre Brüste waren etwas voll, aber rund und zärtlich wie der langsame Rhythmus eines Tangos. Bevor sie samstagabends mit dem

Studenten zur Place Saint-Germain ging, drehte sie sich mit ihrem Frisierstab Löckchen.

So hat also jede unserer beiden Gestalten ihren festen Platz. Pomme macht den Haushalt. Aimery macht Pläne. Pomme wird keine Zeit haben, an Aimerys Plänen Anteil zu nehmen. Das gehört nicht zu ihrer Rolle, sie soll in der Gegenwart leben. Was die Pläne des Jungen angeht, so entbinden sie ihn von fast jeglicher Aktivität. Pomme und der Student werden in der künstlichen Intimität ihres Zimmerchens leben, zwei absolut parallele Existenzen. Aimery wird damit zufrieden sein, denn für den künftigen Konservator besteht das Wichtigste darin, daß man ihn unbehelligt läßt. Und Pomme wird ihn nicht behelligen, im Gegenteil: Sie wird sich zwischen ihn und die Dinge stellen, damit die Dinge ihn nicht von seiner Lektüre und von seinen Meditationen abhalten.

Aber das Entscheidende ist, daß auch sie, vor allem sie, sich mit ihrem Los zufriedengeben wird: Wenn ihr Freund, aus Höflichkeit oder ganz in Gedanken, Anstalten machen wird, einen Teller abzutrocknen, den sie abgewaschen hat, oder das Bett zu machen, wird sich das Mädchen auflehnen: Er soll das nicht tun; er darf es überhaupt nicht verstehen, denn nur zu dem Preis wird er lesen können, studieren, nachdenken, und Pomme wird sich für verpflichtet und bevorrechtet halten, diesen Preis zu zahlen. Ihre bescheidenen Verrichtungen, die dem Studenten gewidmet sind, werden ein bißchen in sein Wissen einfließen, in seine Substanz. Etwas von ihr wird in ihm sein. Sie verlangt nichts anderes.

Durch ihre in unbeirrbarer Weise tatkräftige Form der Vergötterung trug das Mädchen dazu bei, so schien es, in der Erfüllung ihrer Arbeiten unterzugehen. Und dieses ewige Ausklammern ihrer selbst und der Dinge, gerade noch bevor sie ihren Freund erreichen konnten, waren wie das Zurseiteweichen der Volksmenge beim Durchzug eines Herrschers. Der Student sah sich von allen Seiten umringt, bedrängt, bestürmt, um es einmal so zu sagen, aber von etwas, das sich im letzten Augenblick heimlich davonstahl. Pommes Ordnungsdienst war untadelig. Es lag in dieser zuvorkommenden und akkuraten Abwesenheit der jungen Hausfrau sogar eine gewisse Aufdringlichkeit. Der Junge hätte sich gewünscht, von weniger Aufmerksamkeit umgeben zu sein.

Er konnte nicht umhin, sehr bald die langen Tage der Einsamkeit zu schätzen, während Pomme ihren Lebensunterhalt verdiente. Er redete sich ein, er würde auf sie warten. Und so begann sie für ihn eine Existenz der Abwesenheit zu führen, die andere Daseinsformen ausschloß.

Abend: das junge Mädchen bleich schimmernd auf dem Bett, die Decken zurückgeschlagen. Ihre Existenz drängt seit diesem Nebel zum Ursprung ihres Leibes, der ihr Zentrum ist. Die Lampe ist ein kleiner Eiszapfen an der Wand, in der feuchten Nacht.

Der Student, der sich aus dem offenen Fenster lehnt, sieht das Verdeck eines Autobusses vorbeifahren. Er hat sich einen Hausrock übergezogen: so etwas wie eine Redingote.

Unbeweglichkeit. Das Zimmer ist ein Wachsfigurenkabinett.

Das junge Mädchen schließt langsam die Beine. Der junge Mann schließt das Fenster. Einen Augenblick lang wendet er ihr den Rücken zu. Die Lampe, allein, existiert weiter.

Es lag etwas Herzzerreißendes in dieser Stille, die neben ihm lebte. Drückte sie nur aus, aber mit einer beeindruckenden, einer fast brutalen Unbefangenheit, daß die Seelen unausweichlich parallele Welten sind, in der die Umarmungen, die intimsten Verschmelzungen lediglich das nie zu befriedigende Verlangen nach einer echten Begegnung enthüllen? Dem jungen Mann dünkte jetzt, als wäre jedes seiner Gespräche mit Pomme ein versäumtes Rendezvous. Er bedauerte seine vertraulichen Mitteilungen, die in Wirklichkeit niemand gehört hatte.

Aber manchmal sagte er sich, daß, wenn Pomme ihn schon nicht verstand, er sie doch verstand und daß sie wenigstens deshalb ein Paar bildeten, weil er der einzige war, der sie verstehen konnte, über die Worte hinaus, die sie nicht zu sagen wußte. Dadurch waren sie füreinander geschaffen, ein bißchen so wie die verschüttete kleine Statue, die für niemanden mehr existiert, außer für den Archäologen, der sie ausgräbt. Pommes Schönheit war die einer früheren, vergessenen Existenz, die verborgen war unter den Trümmern von tausend elenden Leben, wie dem ihrer Mutter; eine Schönheit, die vertagt wurde, bis sich in diesem Körper und in dieser so vollkommen schlichten Seele das Geheimnis all dieser Generationen enthüllt, die am Ende aus ihrer Bedeutungslosigkeit herausgerissen werden: denn das bedeutete das köstliche Auftauchen des so reinen Mädchens. Und genau das suchte der junge Mann und auch der Student, der Latinist, der Scholar. Es gab keinen anderen Grund für seine beständige Angst, für seine wiederholte Ablehnung der gegenwärtigen Welt, als den Wunsch, eines Tages unter den vielen Schönheiten einer Schönheit zu begegnen, die anders war als die übrigen, nicht berechnend, eine Gunst des Zufalls, eine Erscheinung, so wie Pomme.

Aber nun fragte er sich, ob es nicht ganz einfach Tausende solcher Mädchen wie sie gab. Hat er nicht selber in sie hineingedeutet, wonach er verlangte und was er aus ihr herauszulesen glaubte? Pomme war für ihn ein ewiger und schwieriger Glaubensakt: Hatte sie das Abenteuer mit ihm gewollt, oder hatte sie sich dareingefügt wie alle, die dem Wink des anderen nachgeben, von dem sie zwar nichts erhoffen, dem zu widerstehen jedoch mühevoll ist und ebenfalls keinen Sinn hat? Und das Vergnügen, das sie dabei fand, gehörte es überhaupt mit zu ihrem Plan? Das war nicht sicher: Im Gegenteil, es schien, als wäre Pomme zuerst davon überrascht gewesen, betroffen; man hätte glauben können, sie suchte sich dafür zu entschuldigen.

Aimery sagte sich, daß Pomme nach ihm zehn oder zwanzig oder hundert andere Männer kennenlernen könnte, deren Geliebte sie sein würde, für einen Abend, ein Jahr, selbst für ein ganzes Leben, wenn jemand auf die Idee käme, sie zu heiraten. All diese falschen Regungen würden sie nicht aus ihrem einsamen Schlaf aufwecken. Er dachte mit einer Art Widerwillen und Erniedrigung an jene Mädchen, die dem Verlangen des ersten besten nachgeben, was nicht die Verwirklichung ihres eigenen Verlangens bedeutet, sondern vielmehr dessen Begrenzung, dessen Auslöschung und sogar die Auslöschung ihrer Persönlichkeit, weniger durch die Gleichgültigkeit des anderen als durch ihre eigene Gleichgültigkeit sich selber gegenüber.

Nun beschuldigte sich der junge Mann, dieses Wesen überhaupt zu schätzen und ihm etwas von seiner Zuneigung zuteil werden zu lassen, was die anderen, so vermutete er, sich nur zu nehmen brauchten.

Seine Besessenheit von «etwas anderem» ließ ihn ganz gewöhnliche Steine, die aufzuheben sich vielleicht niemand die Mühe gemacht hätte, für Gold halten. Und das Vorrecht, als einziger Pomme wirklich zu «sehen», dank dessen sie so kostbar wurde, ließ in bestimmten Augenblicken den demütigenden Verdacht in ihm aufsteigen, ein Dummkopf zu sein, ein Narr, ein unerfahrener Jüngling, der angesichts einer kleinen weißen Gans in Ekstase gerät.

Er warf Pomme vor, nichts von ihm zu fordern und so dem, was er ihr geben wollte, keinerlei Wert beizumessen. Aber es schien, als wünschte sie, nichts anzunehmen. Er konnte unfreundlich sein, mit ihr einen ganzen Abend lang kein Wort sprechen, immer war er es, der schließlich nachgab, von seiner eigenen Härte gerührt, ohne daß Pomme sich beklagt und ihn um das Geringste gebeten hätte; also verwirrte ihn ihre Härte. Er zündete sich eine Gitane-Filter an.

Er vermied es jetzt, mit ihr längere Zeit untätig zusammen zu bleiben, eben wegen dieses Schweigens, in das sie verfiel, darauf er, dann wieder sie. Abends, nach ihrer flüchtigen Mahlzeit, nahm er einfach seine Arbeit vom Nachmittag wieder auf, las Bücher, die er sich aus der Bibliothek geholt hatte. Pomme machte sich mit dem Abwasch zu schaffen, sehr langsam, als hätte sie Furcht, in seiner Gegenwart untätig zu bleiben. Und wenn sie mit dem Geschirr oder der Wäsche fertig war, blätterte sie aufmerksam in den Büchern, die bei Gallimard verlegt worden waren und die zu lesen er ihr aufgetragen hatte. Ihre Finger dufteten nach Paic-Citron.

Da waren noch die Sonntage. Aimery verbrachte sie manchmal bei seiner Familie; aber er wollte Pomme nicht gern zurücklassen (wie ein Fenster, das zu schließen er vergessen hatte). Also blieb er meistens bei ihr. Das ersparte ihm wenigstens, sich das junge Mädchen vorzustellen, ganz allein, unfähig sogar, sich zu langweilen, aber durch die Liebe zu ihm mit lächerlichen Dingen beschäftigt. Jedesmal, wenn er am Sonntagabend aus der Normandie zurückkam, fand er die einfältige Gabe eines neuen Kissens vor, das sie gehäkelt hatte; oder sie hatte irgendein Kleidungsstück, das er im vergangenen Winter wegzuwerfen vergessen hatte, wieder sorgfältig ausgebessert. Er schämte sich ihretwegen und seinetwegen: Es lag etwas Scheußliches in diesen elenden Mißverständnissen. Er schwieg. Er konnte sich ihr nicht verständlich machen; es gab nichts, was er ihr verständlich machen konnte. Also zog er es vor, die Sonntage mit ihr zusammen zu verbringen; so vermochte er sie zu überwachen, ihr die Demütigung durch diese törichten Akte der Ergebenheit zu ersparen; vielmehr sich selbst die Skrupel darüber.

Aber er fand nichts, was er ihr sagen konnte; und sie fand, es wäre gut so. Trotzdem konnte er nicht den ganzen Tag lang lesen oder sie nötigen, ebenfalls zu lesen. Er ließ sie also ein bißchen den Haushalt machen (übrigens hätte er sie auch gar nicht daran hindern können). Aber gleichzeitig sagte er sich mit einer Art Mitleid und Bitterkeit, daß es in diesem Zimmer, in dem sich ihr Leben abspielte, überhaupt nichts gab, das die Mühe gelohnt hätte, gesäubert, instand gesetzt oder weggeräumt zu werden.

Da sie einer wie der andere keine Freunde hatten oder wenigstens keine, denen sie den «anderen» zeigen konnten, vermochten sie auch keine Zuflucht darin zu finden, Besuche abzustatten oder zu empfangen. Pomme ging nie mehr in Marylènes Appartement. Und außerdem interessierte sich Marylène auch nicht mehr für Pomme.

Also gingen die beiden Verliebten ins Kino oder unternahmen Spaziergänge. Der Student hatte die Gewohnheit, das Spiegelbild der Pont-Neuf in der Seine oder den Novembernebel in den Tuileriengärten zu bewundern, nicht verloren. Es schien, als hätte sich sein romantisches und schülerhaftes Bedürfnis, sich über «schöne Dinge» zu begeistern, noch verstärkt, seit er mit Pomme zusammen lebte. Er verstand es nicht, zu lieben, ohne gleich ein Urteil, eine Wertung auszusprechen. Er hatte nie ganz aufgehört, den Weizen von der Spreu zu trennen. Das war stärker als er, er mußte ständig den Examinator spielen, den Kontoristen, den Gerichtsmediziner. Um Vergnügen ging es dabei nur wenig; außer wenn sein Vergnügen darin bestanden hätte, nie seiner simplen Neigung nachzugehen (aber war er zu einer «Neigung» überhaupt fähig?). Er brauchte eher Zwänge, jeden Augenblick ein neues Pensum.

Und Pomme? War sie in der Lage, die Dinge ein bißchen wie er zu empfinden? Auch das gehörte zu den Untersuchungen, die anzustellen waren, trotz seiner wachsenden Vermutung, daß die kleine Person im Grunde genommen ohne Inhalt war. Zu allem, was er Pomme als bewundernswert bezeichnete, sagte sie ja und amen. Aber er fragte sich, ob dieses «ja» nur von ihrer Fügsamkeit herrührte, oder ob Pomme aufrichtig war. Aber wie hätte sie nicht aufrichtig sein sollen? Das gehörte doch schließlich zu ihrer Fügsamkeit. Aimery überzeugte sich nach und nach, daß die Frage nach der Aufrichtigkeit Pommes keinerlei Sinn hätte. Es mußte etwas in ihr sein, das ihr auf ganz natürliche Weise befiel, eine innere Bewegung im gleichen Augenblick wie er zu empfinden. Aber es mußte nicht unbedingt dieselbe sein.

Eines Tages überraschte er Pomme dennoch. Sie besichtigten die Kirche Saint-Étienne-du-Mont (schließlich war es wie üblich ein Spaziergang, der von dem Eifer des Chartisten gelenkt wurde). Sie hatte sich einen Augenblick hinsetzen wollen (es gehörte nicht zu ihren Gepflogenheiten, so etwas zu «wollen»): Er hatte sie gefragt, ob sie sich müde fühle. Sie hatte dies verneint, es wäre alles in Ordnung, sie wolle nur noch einen Augenblick verweilen, «weil ihr solche Orte das Verlangen eingeben zu beten». Als sie hinausgingen, fragte er sie (eine Frage, die zu stellen ihm nie in den Sinn gekommen war), ob sie an Gott glaube. Und sie zeigte in ihrem Blick das Leuchten einer unendlichen Zärtlichkeit, die sie aber nur durchzuckte, und sie antwortete ihm: «Aber gewiß!» Und es kam ihm auf einmal so vor, als richtete sich diese Antwort nicht an ihn, als gehörte sie nicht zu seiner Frage; es war so, als hätte sie mit jemand anderem gesprochen, der hinter ihr stand und den er nicht bemerkt hatte. Sie überquerten vor dem Polizeirevier des V. Arrondissements die Rue Soufflot. Die beiden wachhabenden Beamten starrten Pomme mit einem Blick kriegerischer Wollust nach.

Der junge Mann und das junge Mädchen sitzen sich gegenüber, auf den Fensterplätzen. Allein in dem Abteil. Das junge Mädchen sehr steif auf ihrer Bank, die Knie zusammengepreßt. Erscheint vor dem jungen Mann oder schickt sich dazu an. Unbeweglichkeit von gekochter Erde. Der junge Mann sieht sie nicht an. Er hat das Gesicht dem Fenster zugewandt, hinter dem die Bäume, zumeist ohne Blätter, wie dicke Pinselstriche vorbeiziehen.

An diesem Tag lernte Pomme den Besitz des jungen Mannes kennen: das Schloß, seine Eltern und die Reste von der Welt seiner Kindheit, schmale Hohlwege zwischen zwei Busch- und Brombeerhecken.

Das Schloß bestand vor allem aus einer riesigen Küche mit einem Kamin wie das Vestibül einer Wohnung und einem leichten Geruch nach Wildbret. Es war hier sehr kalt, aber nicht so sehr wie anderswo, zum Beispiel in den Salons und Zimmern, die Aimery dem Besuch kurz zeigte. Außerdem gab es noch landwirtschaftliche Gebäude, die aber nicht besichtigt wurden, und einen Taubenschlag, den Pomme für einen Zwinger hielt.

Der Vater des jungen Mannes trug, ohne daß dies widersprüchlich wirkte, das Gehabe eines Kavallerieoffiziers und die Kleidung eines Stallknechts zur Schau. Die Mutter des jungen Mannes besaß eine Art knochige Liebenswürdigkeit. Pomme war schrecklich eingeschüchtert. Am Morgen hatte sie eine Stunde gebraucht, um einen möglichst passenden Rock und einen Pullover auszuwählen.

Man aß zu Mittag. Aimerys Vater trank unmäßig und setzte hinter jedes Glas ein Schnalzen mit der Zunge. Pomme fand, er habe plumpe, dabei aber gleichzeitig unumstößliche Manieren. Nach Beendigung der Mahlzeit verabschiedete er sich zwei- oder dreimal auf sehr patriarchalische Weise und wandte sich, leicht schwankend, seinen Beschäftigungen zu.

Aimery zündete ein Feuer im Kamin an (Lichtstumpf einer Grotte). Seine Mutter bereitete den Kaffee zu. Pomme wollte den langen Eichentisch abräumen, an dem sie gesessen hatten. Aber die Dame des Hauses hinderte sie daran. Sie drückte auf einen Klingelknopf, was den Einbruch einer äußerst schmutzigen Bäuerin bewirkte, die das Geschirr in das Abwaschbecken stellte und mechanisch Wasser aus dem Hahn darüberlaufen ließ.

Man trank den koffeinfreien Kaffee am Kamin. Die Dame des Hauses streckte sich auf einem Diwan aus, befremdender Komfort in der Steinwüste dieses Raumes. Pomme setzte sich ganz steif auf einen Rohrstuhl. Man sprach. Aimerys Mutter stellte dem jungen Mädchen ein paar Fragen, auf die der junge Mann antwortete. Aber die Dame interessierte sich sowieso nur für ihre Fragen.

Pomme hörte zu, wie von ihr gesprochen wurde, bescheiden und schweigsam: Sie begriff, daß sie sich in die Unterhaltung nicht einzumischen hatte. Sie kam sich wie ein Gegenstand vor, den man prüft: Es gab einen Verkäufer, Aimery, und einen Kunden, seine Mutter. Aber unter den schlauen Füchsen ging es nicht darum, zu kaufen oder zu verkaufen, anzunehmen oder abzuweisen. Es war zum Lachen. («Sie ist nett, aber ein kleiner Dummkopf», schloß die Dame des Hauses mit einem Blick auf ihren Sohn und fügte mit demselben Blick hinzu: «Hast du nicht gehört, was sie gesagt hat?» – «Aber . . . sie hat doch gar nichts gesagt», antwortete ihr Sohn nach einem Schweigen. Er war von dem strengen und klaren Urteil seiner Mutter nicht weniger beeindruckt.)

Die beiden jungen Leute gingen dann durch die leeren Weideflächen, in die das Schloß eingebettet

lag. Der Tag war hier und da schon rissig geworden von den schwarzen Ästen der höchsten Bäume und zerbröckelte über dem Hochwald, der die Ebene umschloß. Pomme hatte Aimery an der Hand genommen, aber der zog es bald vor, mit den langen, kräftigen Schritten eines Landedelmannes vor ihr her zu gehen, während sie ganz davon in Anspruch genommen war, sich nicht die Knöchel zu brechen, denn ihre Frisiersalonschuhe hatten zu hohe Absätze.

Sie kehrten über einen steinigen Weg zurück, Aimery noch immer vorneweg, Pomme hinterher, zwischen den Steinen und Wagenspuren schwankend. Aimery erzählte Pomme einmal mehr von seiner Ergriffenheit durch den Herbst, wenn der Himmel aus dicken weißen oder grauen Bausteinen gefügt ist und die Bäume langsam erstarren. Diese ganze Poesie ließ bei jeder neuen Inspiration einen dünnen Nebelschweif auf Aimerys Lippen entstehen. Pomme liebte diesen Nebel. Es war die Seele des jungen Mannes, mit der sie die ihre beflissen und schweigsam zu vereinen suchte.

«Hörst du mir überhaupt zu?» fragte er plötzlich. Dann entschloß er sich zu schweigen und beschleunigte den Schritt in Richtung Schloß, ohne Rücksicht auf die Friseuse, die sich fast die Knöchel verrenkte, weit, weit zurück. Er ging in die Küche und schloß hinter sich die Tür. Als Pomme ein oder zwei Minuten später eintraf, sagte er nur: «Wir fahren nach Hause!» Seine Mutter, die zugegen war, überbot sich geradezu: «Ich hätte euch gern über Nacht hierbehalten, aber ich glaube, das schickt sich nicht.» Pomme machte keine Einwendungen: Die beiden freien Tage, die ihre Chefin ihr bewilligt hatte, konnte sie auch ein andermal nehmen.

Etwas schien Pomme daran zu hindern, intelligent zu sein. Sie stellte niemals eine Frage. Sie ließ sich von den Dingen nie in Erstaunen versetzen oder überraschen.

Und eines Tages stellte er fest, daß er das Geräusch ihres Zähneputzens nicht mehr ertragen konnte.

Diese Art Reizbarkeit griff um so schneller um sich, als der junge Mann noch keine derartigen Erfahrungen gesammelt hatte: Er ertrug es nicht mehr, wenn sich ihre Füße im Bett berührten. Er ertrug es nicht mehr, nachts ihr Atmen zu hören.

Pomme mußte wohl dunkel ahnen, daß ihre Gegenwart ihrem Freund auf die Nerven ging. Sie benahm sich noch zurückhaltender, arbeitsamer, beschäftigter als je zuvor. Aber Aimery fühlte sich um so mehr als Gefangener dieser maßlosen, dieser aufdringlichen Erniedrigung, die es ihm verbot, sich dagegen aufzulehnen; die ihm verbot, und sei es auch nur im stillen, den geringsten Vorwurf zu formulieren. Und das häufte einen dumpfen Groll in ihm an. Diese unerträgliche Unschuld war eine Gewalt, die ihm angetan wurde und ihn seines guten Rechtes beraubte, zu revoltieren. Pommes Nichtvorhandensein nahm ein schreckliches Gewicht an.

All dem lag in wachsendem Maße die Scham zugrunde, die der junge Mann jetzt dabei empfand, unter diesem derart demütigen Blick zu leben, der die Macht hatte, ihn, den Studenten, selber zutiefst zu demütigen. Ihn hatte dieser Blick tatsächlich nie sehen können. Der Gedanke, der Verdacht, daß Pomme direkt neben ihm in Wirklichkeit mit einem anderen lebte, durchbohrte ihn.

Übrigens mußte Aimery eines Tages wohl oder übel eingestehen, daß seine Zärtlichkeit, seine Liebe, wie er glaubte, nur ein Handel gewesen waren. Und es würde ganz sicher zu dem Kontrakt gehören, das nicht in aller Freimut zuzugeben.

Von Anfang an trug seine Zuneigung, ohne deshalb unaufrichtig gewesen zu sein, die künftigen Ressentiments bereits in sich. Er hatte dem in viel stärkerem Maße nachgegeben als beabsichtigt: und im Augenblick des Nachgebens hatte er sich schon in das Scheitern gefügt. Aber warum nicht zugeben, daß das Scheitern zu seinem Kalkül gehörte?

Als Aimery darauf stieß, daß das Unbehagen, das er an der Seite seiner Freundin empfand (dieser wiederkehrende Zorn, aber auf wen? Auf sie oder auf sich selbst?), Erbitterung (seit langem) war, konnte er nur ahnen, bis zu welchem Punkt ihm dieses Gefühl bereits vertraut war: gebunden an seine «Liebe» zu Pomme. Und der Übergang von dem einen zum anderen, von der Liebe zur Erbitterung, war nur die unmerkliche Veränderung ein und derselben Substanz gewesen.

Aus diesem Grunde konnte er dieser Erbitterung nicht ohne weiteres nachgeben. Er erkannte in ihr noch zuviel von seiner kaum entstellten Zärtlichkeit. Er konnte dieses Schweigen, diese Unterwerfung, diese weiße Seele, die ihn einst verführt hatte und die ihn immer verführen würde, wenn er daran dachte, nicht einfach hassen.

Denn er brauchte sie noch, wenn sie nicht da war. Es fehlte ihm etwas, und das war sie. Aber wenn Pomme von der Arbeit kam und in den Raum trat, empfand er keine Befriedigung, keine Freude. Im Gegenteil, ihre Anwesenheit beraubte ihn seines Bedürfnisses nach ihr. Es war jedesmal dieselbe kleine, kaum spürbare und dennoch wirkliche Enttäuschung, dieselbe Abneigung: Tagsüber hatte er auf das Zusammentreffen mit ihr gehofft, und jemand anderes als sie war gekommen. Aber was hatte er eigentlich erwartet?

Die Ironie dieses banalen Verhängnisses liegt darin, daß Pomme, die das Abendbrot zubereitete und nach ihm zu essen begann, sehr wohl die Gestalt war, die für das innere Drama des jungen Mannes benötigt wurde, um genau im rechten Augenblick eine Rolle zu übernehmen, die in Wahrheit keiner zu spielen verstand.

Eines Tages würde sich der Konservator erinnern, einmal, als er zwanzig war, fast selbst noch ein Kind, ein kleines Mädchen in mysteriöser Armut gekannt zu haben. Er würde einen gerührten Blick auf das in ihm allmählich verwischte, idealisierte Bild ihres unmöglichen Eintagsdaseins als Paar werfen. Er würde sich in der Heraufbeschwörung dieser seltsamen Jugendepisode gefallen und dabei vor allem genießen, daß er sich nicht ganz wiedererkennt. Er würde niemals erfahren, ob dieses kleine Vermächtnis der Vergangenheit in dem Zimmer, das voll von seinen Sehnsüchten war (er wird mit niemandem darüber sprechen, nicht einmal mit seiner Frau), am Ende nicht vielleicht doch das Produkt einer geschickten Spekulation gewesen sein wird; ein verschwiegener Kreditbetrug in der sonst ehrenwerten und umsichtigen Leitung seiner Geschicke. Seine Sehnsüchte, sogar seine Skrupel würden ihm ein unerlaubtes Kapital an zärtlichen, köstlichen Gefühlen einbringen, von dessen Zinsen er täglich ein wenig einstriche.

Er schläft nicht. Er kann nicht mehr schlafen, seit er sie schlafen sieht. Einmal leuchtet ihr Gesicht. Sie erstrahlt von ihrem Lächeln. Sie träumt nicht. Sie mag wohl von nichts träumen. Sie lächelt dem Nichts zu, liefert sich ihm aus wie einem Liebhaber. Mehrmals ist er nahe daran, sie zu wecken, sie umzukippen auf der Höhe ihrer Einsamkeit und ihres Friedens ohne ihn, auf den er, ohne daß er es sich einzugestehen wagt, eifersüchtig ist.

Die Weihnachtsferien rückten heran. Er würde in die Normandie fahren. Bis zu seiner Abreise mußte alles geregelt sein.

Wiederholt zitierte er Pomme in Gedanken vor sich. Er sprach mit ihr bald sanft, bald streng, wie mit einem kleinen Kind, das vorzeitig ins Bett geschickt wird. Wie es anders machen? Es läge in ihrer beider Interesse, erklärte er ihr. Sie hätten einen falschen Weg eingeschlagen. Sie könnte mit ihm nicht glücklich werden. Kurzum, sie stammten aus verschiedenen Welten. Was für den einen paßte, wäre ungeeignet, den anderen zufriedenzustellen, und umgekehrt. Sie teilten nicht die gleichen Freuden. Sie wären zu weit voneinander entfernt geboren worden. Außerdem wüßte er nicht einmal, was sie von ihm erwartete. Es sei ihm nicht gelungen, dies in Erfahrung zu bringen. Er entschuldigte sich. Er bedauerte. Er hätte es nicht soweit kommen lassen dürfen. Er sei dafür verantwortlich. Er hätte nichts dagegen, wenn sie ihn verabscheute, selbst wenn sie sagte, er habe sich über sie lustig gemacht.

Das würde zwar nicht stimmen, er verstünde jedoch, daß sie das denken könnte. Sie hätte sogar das Recht, ihn zu verachten.

In Wirklichkeit vollzog sich ihr Bruch viel weniger kompliziert. Er teilte ihr seine Absicht mit, sich von ihr zu trennen, ohne Schroffheit, aber auch ohne daß er es für notwendig erachtete, mit den Gefühlen des jungen Mädchens behutsam umzugehen, weil er es für gefühllos hielt. Vor allem seitdem er sich bemüht hatte, sich ihre Reaktion auf die Ankündigung ihrer Trennung vorzustellen: In Wirklichkeit stellte er sich überhaupt keine Reaktion vor. Das Mädchen würde sich von ihm lösen, ohne große Geschichten zu machen.

Sie machte keine Geschichten. Sie konnte nur «Ach so?» sagen und dann: «Ich habe es geahnt.» Sie machte die Emaillebüchse zu, drückte ihren Schwamm aus und trocknete sich die Hände ab. Sie widersprach nicht. Sie weinte nicht. So daß Aimery, statt nun beruhigt zu sein, wie er es erhofft hatte, nur anwachsen sah, was er schon an Groll gegenüber diesem Mädchen empfunden hatte, das er als eine Art wildes Tier ansah.

Aber er konnte das Leid, das er Pomme zufügte, doch nicht so einfach übersehen. Sie hatte vielleicht nichts von ihm verlangt, außer daß er die Gabe annahm, die sie ihm mit ihrer Person machte: Er bemerkte jetzt, daß sie ihm etwas ganz Außerordentliches abgerungen hatte. Und er hat nicht den Mut gehabt, Pomme am Rande der Hingabe ihrer selbst zurückzuhalten; er hatte sie gewähren lassen. Er hat diese ihm ganz ergebene kleine Kerze vor sich brennen lassen, ohne sich mehr um sie zu kümmern als um eine Glühbirne, die er vergessen hatte, vor dem Schlafengehen auszuknipsen.

Es war wie am Tage ihrer ersten Begegnung, ihres ersten Gespräches, ihres ersten gemeinsamen Spazierganges; es war wie an dem Tag, als sie das erste Mal miteinander geschlafen hatten. An jedem dieser Streckenabschnitte (aber er wußte damals nicht, daß es «Abschnitte» waren) wurde er sich bewußt, daß es ganz einfach «zu spät» war, um anders zu handeln. Da durchmaß er den Abschnitt mit einer Art Skrupel, der indessen schnell vergessen war. Jedesmal jedoch schätzte er ab, daß das Leid, das er dem jungen Mädchen dann später zufügen mußte, noch größer wäre.

Aber er wußte auch, daß sie sich nicht verteidigen, daß sie nicht aufbegehren, daß sie nicht einmal den Anschein erwecken würde, als bitte sie. Und das Mitgefühl, das der junge Mann zu empfinden begann, erlosch sofort unter einer Welle von Zorn und Verachtung.

Hätte sich Pomme verteidigt, hätte sie das geringste Wort der Bitterkeit gefunden, das winzigste, selbst unterdrückte Schluchzen, würde ihr Aimery vielleicht ein anderes Ende zugedacht haben. Er hätte sie noch mehr geschätzt (sie wäre weniger anders als er gewesen). Er hätte aus ihrer Trennung etwas Bedeutendes machen können, und Pomme hätte zumindest die Wegzehrung eines großen Schmerzes gehabt. Mehrmals, während sie ihre Sachen in ihren Koffer packte, hoffte er, sie würde sich beklagen, ihm Vorwürfe machen. Aber nichts tat sich. Sie fragte ihn lediglich, ob er ihr einen seiner Bücherkartons geben könnte, den sie leer machte, um darin ihre Sachen unterzubringen, die nicht mehr in den Koffer paßten. Sie verschnürte den Karton und ging.

Er wird sich an ihre Seite begeben haben, direkt neben sie, ohne sie zu sehen. Denn sie gehörte zu jenen Seelen, die keinerlei Zeichen geben, sondern darauf warten, daß man sie geduldig befragt, daß man den Blick auf ihnen ruhen lassen kann.

Gewiß war sie ein Mädchen von der alltäglichsten

Art. Für Aimery, für den Autor dieser Seiten, für die meisten Männer sind das Wesen, denen man zufällig begegnet ist, an die man sich für kurze Zeit bindet, nur für kurze Zeit, weil die Schönheit und der Friede, die man bei ihnen findet, das sind, was wir gesucht haben; und weil sie nicht dort sind, wo man sie zu finden hoffte. Und es sind arme Mädchen. Sie wissen selbst, daß sie arm sind. Aber arm nur an dem, was man in ihnen nicht hat entdecken wollen. Welcher Mann hat in seinem Leben nicht zwei oder drei solcher Verbrechen begangen?

Sie ist zu ihrer Mutter zurückgekehrt, irgendwo in die Nähe von Suresnes oder Asnières. Es war ein Haus aus roten Mauersteinen zwischen zwei Häusern aus gelben Mauersteinen. Weder die Mutter noch die Tochter haben auf ihrer Liege aus schwarzem Skai jemals wieder von dem jungen Mann gesprochen. Pomme ist einfach zurückgekommen. Sie hat ihre Sachen in ihr Zimmer geräumt. Abends hat sie ferngesehen.

Jetzt wußte Pomme genau, daß sie häßlich war. Sie war häßlich und dick. Und verachtenswert, denn diese Häßlichkeit konnte nur das Äußere ihrer tiefen Unwürdigkeit sein, der Pomme sich sehr wohl bewußt geworden war, als Aimery sie weggeschickt hatte.

Am härtesten war es, aus dem Haus zu gehen, unter Menschen zu sein, auf der Straße, im Zug, im Frisiersalon. Sie merkte sehr wohl, wie die Leute sie musterten, hörte genau, wenn sie hinter ihrem Rücken auflachten. Sie gab ihnen nicht einmal Unrecht. Sie schämte sich nur.

Übrigens hatte Marylène schon früher zu ihr gesagt: «Da und da und da, dir schwillt ja das Zellgewebe an!» Und sie hatte sie fast grob in die Brust, in die Taille, in die Hüften gekniffen. Jetzt entsann sich Pomme ihrer Bemerkung wieder. Als hätte Marylène direkt neben ihr gestanden; hinter ihr, um ihr vorzuhalten, daß sie dick sei.

Sie erinnerte sich auch, daß Aimery manchmal gezögert hatte, davor zurückgeschreckt war, sie zu berühren. Sie mußte ihm wohl am Ende zuwider gewesen sein. Sie brauchte nur daran zu denken, und Scham überflutete sie wie Fieberhitze. Schweiß brach ihr aus. Vor allem unter dem Arm. Sie wurde sich noch widerwärtiger.

Mutter und Tochter verbrachten die Sonntage in einem dumpfen Beieinander. Nachmittags führte die Mutter ihre Tochter an die frische Luft, um sie auf andere Gedanken zu bringen und damit sie ein bißchen Farbe bekäme. Pomme schleppte ihre Mutter stets dieselbe Strecke entlang, die sie ausgesucht hatte, durch die verlassensten Vorortstraßen. Es fing an, kalt zu werden. Pomme verkroch sich in ihren Mantel. Sie hatte es eilig, wieder in ihr Zimmer zu kommen. Dort lief sie keine Gefahr mehr, gesehen zu werden. Hinter der Wand würde sie die gedämpften Geräusche des Fernsehens hören. Sie würde versuchen, bis zum Abend zu schlafen.

Pomme spürte, daß ihre Mutter ärgerlich auf sie

war. Sie hatte ihr keine Vorwürfe gemacht, aber sie mußte sich wohl schämen. Anfangs war Marylène dagewesen. Dann hatte sich Marylène von Pomme abgewandt. Dann war der junge Mann aufgetaucht; und auch er hatte sich von Pomme abgewandt.

Pommes Mutter sagte nichts. Wenn sie Pomme nur hätte sagen können, daß es nicht ihre Schuld gewesen sei. Aber sie wußte nicht, wie sie sich verständlich machen sollte. Die Molkereiwarenverkäuferin merkte, daß ihre Tochter litt, und war in erster Linie bestrebt, ihr nicht noch mehr weh zu tun. Also sagte sie nichts. Sie hatte Angst vor allem, was sie hätte sagen können.

Zum Beispiel würde sie eines Tages sicherlich einen jungen Mann kennenlernen, der aus ihrer Welt stammte und den sie heiraten könnte. Es würde ein einfacher Junge sein, kein Student, da Pomme ja ebenfalls einfach war. Man sollte an nichts anderes denken.

Und so könnte Pommes Hochzeit verlaufen:

Sie würde in ihrem Dorf im Norden stattgefunden haben, das sie nie hätte verlassen dürfen. Zuerst die Trauung in der Bürgermeisterei; die Trauzeugen mit frisch geschnittenen Haaren, rot und fieberhaft; der Bräutigam ein bißchen steif. Dann die kirchliche Feier, Pomme ganz in Weiß. Sie hätte hauchdünne, sehr lange weiße Handschuhe getragen. Nur mit Mühe hätte sie sie in der Kirche ausziehen können. Sie würde sie nicht wieder übergestreift haben, um den Ehering nicht zu verstecken. Später hätte sie sie zusammen mit dem Brautsträußchen in einem Schuhkarton aufbewahrt.

Man wäre zum Essen gegangen. Ein Essen bis zum Anbruch der Dunkelheit, auf der Terrasse der kleinen Bar am Kriegerdenkmal. Muscheln à la Saint-Jacques als Auftakt.

Der Vater des Bräutigams würde unmäßig viel trinken. Seine Frau ermutigt ihn noch. «Nun mach schon», sagte sie zu ihm. Sie gießt sein Glas wieder voll. Soll er doch blau wie die anderen sein! Aber der ist daran gewöhnt, verträgt einen tüchtigen Zug.

Jetzt ist es soweit. Die Ehemänner sind abwesend, weit weg in ihrer Welt, in der alles schlaff, rutschig ist. Die Frauen werden für eine Weile zu Witwen. Sie sind unter sich. Ein trockenes Vergnügen. Die Kinder sind ebenfalls unter sich, beim Sturm auf das Kriegerdenkmal.

Der Jungvermählte ist nüchtern geblieben. Er mag keinen Wein. Er langweilt sich. Die Feier dauert ihm zu lange. Er hat niemandem etwas zu sagen.

Am späten Nachmittag marschiert die ganze Gesellschaft zu Pommes Mama. Es gibt Schaumwein, Bier und Kuchen. Die Ehemänner haben schließlich doch noch ihre Frauen wiedergefunden. Sie werden wieder nüchtern. Nicht für lange, denn dann gäbe es zwischen zwei Gläsern zu schreckliche Momente der Hellsichtigkeit. Die Frauen führen sie, jede ihren Blinden oder Lahmen, auf den Gehweg neben der Nationalstraße, die Kinder folgen in einigem Abstand, denn sie wissen, daß jetzt die Zeit der Ohrfeigen angebrochen ist.

Man setzt sich. Pärchenweise, die Kinder ringsherum. Jede Familie auf zwei Stühlen, nebeneinander. Die Paare blicken sich an und fragen sich vielleicht, ob jemals etwas anderes als das vorstellbar sein wird. Nein! Sie fragen sich nichts. Man tanzt. Die Stunde der Maulschellen ist vorbei. Alle sind höchst zufrieden.

Pommes Urgroßmutter plappert in ihrer Ecke Obszönitäten vor sich hin. Keineswegs schwachsinnig, die Alte! Sie mustert die Jungen aller Altersstufen aus ihrem Jenseits, das undeutlich in ihr murmelt.

Der Tag geht zur Neige. Für diesmal hat man genug getrunken und getanzt. Man ist jetzt wie betäubt. Dennoch läßt niemand von den Gepflogenheiten des Feierns ab; es ist wie das Rad von einem Fahrrad, das sich nach einem Unfall noch weiterdreht. Die Frauen beginnen auf die Uhr zu sehen. Die Kinder stoßen sich mit den Füßen, das ist jetzt ihre Art zu spielen. Die Männer erheben sich gemeinsam, um draußen gegen die Mauer zu pinkeln. Die Frauen nutzen die Gunst des Augenblicks, um die Kinder zusammenzutreiben, und gehen dann ebenfalls.

Genauso wäre Pommes Hochzeit verlaufen. Das Traurige an der ganzen Geschichte, ob nun Hochzeit oder nicht, Liebeskummer oder nicht, ist nur, daß es vielleicht nie etwas zu bedauern gibt. Und eben dieser Gedanke mußte Pomme auf heimtückische Weise aus der Tiefe dessen treffen, was wir ihren Kummer nennen wollen.

Zum erstenmal hätten Mutter und Tochter miteinander sprechen wollen, ein wirkliches Gespräch führen. Beide erstickten vor Tränen, die sie gern hätten zusammenfließen lassen, aber die Tränen kamen ihnen ebensowenig wie die Worte. Anstatt daß Pomme einfach den Beistand zu suchen wagte, den zu leisten ihrer Mutter ein solches Bedürfnis war, bemühte sie sich, ihr gegenüber eine würdige Haltung zu bewahren. Aus der einzigen Vertrauten, die ihr das Schicksal gegeben hatte, machte sie einen Zeugen, einen Richter, dessen Schweigen sie zu interpretieren scheute: Es könnte doch nur ein Vorwurf sein.

Gegen Ende des Winters begann Pomme abzumagern, zuerst unmerklich, dann immer auffälliger: Ihre Gesichtshaut wurde fahl, an den Backenknochen fast durchsichtig. Die Molkereiwarenverkäuferin hatte alle Listen ausprobiert, um ihre Tochter zum Essen zu bewegen. Zuerst hatte sie auf deren ehemalige Naschhaftigkeit gebaut, die sicher bald zurückkehren müßte, dann resignierte sie vor der Übelkeit, die Pomme befiel, sobald sie den ersten Bissen zum Mund führte. Sie ernährte sich nur noch von einigen Gläsern Milch, etwas Obst und Würfelzucker. Das war keine Diät; sie konnte nicht mehr anders.

So hatte sich die Molkereiwarenverkäuferin trotz ihrer Beunruhigung schließlich auf diesen Widerwillen eingestellt, von dem sie wußte, daß er nicht vorgetäuscht war. Abends bereitete sie ihrer Tochter Kompott zu; sie mischte dem Glas Milch, das Pommes Mahlzeit sein würde, einen Löffel Sahne unter. Und sie schickte ein glühendes Gebet aus, daß dies «durchgehen» möge, trotz der heimlichen Zutat. Jedenfalls hatte sie begriffen, daß Pommes einzige Freude jetzt darin bestand abzunehmen.

Gewiß hatte die brave Frau damit gerechnet, daß ihre Tochter krank werden würde. Aber sollte man sie noch mehr quälen? Die Molkereiwarenverkäuferin versagte sich selbst die geringste Bemerkung dazu. Selbst wenn es Pommes Wille gewesen wäre zu sterben (wollte sie das im Grunde nicht sogar?), hätte ihre Mutter nichts gegen diesen Willen unternommen. Sie hatte zuviel Verständnis für das Unglück, um das, was Pomme widerfahren war, nicht bis zum letzten zu respektieren. Zu solchen Leuten sagt man dann später: «Wie? Und Sie haben nichts dagegen getan? Sie haben zugesehen, wie sie starb, und die Hände in den Schoß gelegt?» Ach, was für ein Elend!

Eines Tages dann, etwa vier Monate nach Beginn der Hungerkur, wurde Pomme auf dem Weg zum Geschäft übel. Sie hatte darauf bestanden, weiterhin zu arbeiten (obwohl ihre Chefin ihr geraten hatte, zum Arzt zu gehen und eine Zeitlang auszuspannen! Aber Pomme «fühlte sich wohl»; im Gegenteil, sie war sogar geschäftiger als sonst, und in der letzten Zeit hatte sie eine Art nervöse Fröhlichkeit bekundet).

Sie brach mitten auf einem Fußgängerüberweg zusammen. Es kam zu einem kurzen Verkehrsstau, denn das erste Auto (Wagen A), das kurz vor Pomme gebremst hatte, konnte natürlich nicht weiterfahren. Es mußte warten, bis die Spur wieder frei war. Die Fahrer dahinter (Wagen B, C usw.) wurden ungeduldig und hupten. Der Typ aus Wagen A vollführte ausladende Gesten, die besagen sollten, daß er nichts machen könne.

Zwei Frauen waren hinzugestürzt und versuchten, Pomme beim Aufstehen zur Hand zu gehen. Aber Pomme blieb regungslos liegen. Unmöglich, sie wegzuschaffen.

Da stieg der Fahrer des Wagens A aus, um den beiden Frauen zu helfen, Pomme aufzurichten. Man trug sie auf den Bürgersteig. Der Typ stieg wieder in seinen Wagen, der mit Nebelscheinwerfern und einer Vorrichtung zum selbsttätigen Öffnen der Scheiben ausgerüstet war. Beim Wiederanfahren stellte er sein Radio an und sah zu, wie sich seine automatische Antenne entfaltete; er dachte einen Augenblick an das bedauernswerte junge Mädchen, das da ausgestreckt auf dem Pflaster lag, dann aber sofort an das Lammfell, mit dem seine Sitze bespannt waren. Diese Felle hatten die Form eines Rechtecks von 50 mal 120 Zentimeter. Sie waren mit braunen elastischen Gurten an den Rückenlehnen befestigt. Der Pelz auf dem Vordersitz neben dem Fahrer zeigte an zwei Stellen leichte Spuren der Abnutzung, die den Schultern und dem Gesäß des Mitfahrers (oder der Mitfahrerin) entsprechen mochten.

Der Mann warf einen Blick auf den Tachometer, dessen weiße Anzeigenadel sich wie ein Fächer von links nach rechts über die grünen Ziffern schob, die im Abstand von 20 zu 20 Kilometern die Geschwindigkeit anzeigten.

Das Armaturenbrett wies außerdem einen Tourenzähler und eine elektrische Uhr auf. Diese ging ungefähr zehn Minuten nach. Der Tourenzähler, wie das ganze Auto ein ausländisches Erzeugnis, hatte halbkreisförmig angeordnete Zahlen wie der Tachometer, aber nicht so viele, nur von 10 bis 80. Der Bereich zwischen 60 und 80 war von schöner roter Farbe, die mit dem eintönig grauen Untergrund dieses Meßgerätes kontrastierte. In der Mitte des Kreises war die geheimnisvolle Inschrift «RPM 100» zu lesen und genau darunter in der Art einer Unterschrift: «Veglia Borletti».

Durch die Windschutzscheibe, die einen Winkel von 130 Grad zu der Motorhaube bildete (unter der die sechs Zylinder des Motors angeordnet waren), sah der Fahrer, daß die Straße jetzt bis weit vor ihm frei war.

Pomme wurde in ein Krankenhaus gebracht. Man braucht nicht zu wissen, ob sie am Leben bleiben oder sterben wird, nicht wahr? Auf jeden Fall ist ihr Geschick erfüllt. Sie hat selbst darüber entschieden, als sie nicht mehr essen wollte, als sie sich einer Welt, die ihr so wenig gegeben hatte, verweigerte.

Als sie ihre Mutter verlassen mußte, da sie in ein anderes Krankenhaus, weit in der Provinz, verlegt wurde, bat sie sie, doch zu dem jungen Mann zu gehen, weil sie sich ihm gegenüber schuldig fühlte. Sie spürte wohl, daß er sich mit ihr gelangweilt und sie ihn oft verärgert hatte. Sie wußte nicht, warum, aber die Dinge waren eben so verlaufen. Sie wünschte sich, der junge Mann möge sie nicht in schlechter Erinnerung behalten.

Pommes Mutter erledigte den Auftrag am folgenden Montag. Aber der Student wohnte nicht mehr in dem Zimmer. Die Concierge wußte nicht, wo er jetzt zu finden war. Die Dame könne aber doch ein paar Zeilen an seine Eltern schreiben. Die Concierge gab ihr deren Adresse in der Normandie: Das würde den jungen Mann bestimmt erreichen.

Tatsächlich erhielt Aimery de Béligné ein paar Tage später Pommes Entschuldigungsbrief als auch den der Molkereiwarenverkäuferin.

Aber verweilen wir noch einen Augenblick bei dem künftigen Konservator; sehen wir ihm zu, wie er den Brief liest, erst danach werden wir uns von ihm entfernen, werden wir ihn seiner Einsamkeit überlassen. Was auch geschehen mag, Pomme wird weniger tot sein als er. Und auf den Trümmern ihres Körpers, die wie ein kleiner Haufen trockenen Holzes sind, wird sich das Gesicht der jungen Ertrunkenen nicht verändern. Es strahlt für alle Ewigkeit ihren Kummer aus, ihr Ertrunkensein, ihre Unschuld. –

Der künftige Konservator hatte ein bescheidenes möbliertes Zimmer gegenüber dem Panthéon bezogen. Der Gegensatz zwischen seinem neuen Zimmer und dem Monument hatte ihn verlockt. Auf das Fenster gestützt, sah er in einem ergreifenden Abriß, was sein Schicksal sein könnte. Auf diese Weise dachte er oft an seinen eigenen Tod. Das war überhaupt nicht schrecklich: Seine frisch aus der fleischlichen Schmetterlingspuppe geschlüpfte Seele flatterte über dem Trauergeleit seines Begräbnisses. Er bewunderte die Anordnung des Zuges. Da war das Institut de France vertreten (er erkannte seinen Degen, seine Orden auf einem schwarzen Samtkissen, das von dem ständigen Sekretär der Akademie getragen wurde). Da waren der Kulturminister, mehrere Parlamentarier, Künstler, Schriftsteller. Und dahinter der schwarze und wunderbare Strom der Menge.

Im Grunde empfand er es als eine Erleichterung, sich von Pomme getrennt zu haben. Er konnte sich seinen persönlichen Träumen mit weniger Zurückhaltung hingeben, ohne die stumme, aber aufdringliche Verleugnung des jungen Mädchens.

Er gab zu, daß er eitel war: diese Freude, die ihn beispielsweise überfiel, wenn er sich vorstellte, was die Leute über ihn sagen würden, wenn er nicht mehr wäre. Das Hirngespinst seiner eigenen Beerdigung war in gewisser Hinsicht nur deren Apotheose. Dann sagte er sich, daß diese kindische (vielleicht ein bißchen lächerliche?) Eitelkeit nur die andere Seite einer großen Schüchternheit war, die ihn selbst im Augenblick seiner törichtsten Ambitionen an sich zweifeln ließ.

Denn da waren noch die Stunden der Niedergeschlagenheit, des Verdrusses. Er fühlte sich an Seele und Körper schwächlich. Seine mutmaßliche Größe war eine Revanche, ein Bedürfnis.

Er hatte sich von Pomme also ohne allzu große Gemütsregung getrennt, aber er ärgerte sich darüber ein bißchen: auch das setzte ihn herab, bestätigte ihn noch in seiner Poesielosigkeit. Kein großer Kummer; er hatte sich lediglich eine ausgewachsene Erkältung zugezogen, während er bei seinen Eltern war. Als er nach Paris zurückkam, hustete er, und das Wasser lief ihm nur so aus den Augen. Er konnte nicht einmal mehr lesen, denn das weiße Papier und das Licht lockten ihm die Tränen hervor. Die ganze Nase war entzündet. Er schluckte seine Aspirintabletten und dachte, daß Pomme vielleicht im gleichen Augenblick Beruhigungsmittel einnähme. Das demütigte ihn. Er war eifersüchtig auf Pomme; eifersüchtig darauf, daß sie in ihrem kleinen Koffer vielleicht große Gefühle mitgenommen hatte. Er schüttelte seine Zweifel ab, indem er sich sagte, daß es für ihn jedenfalls noch nicht an der Zeit sei, über seiner eigenen Beerdigung hin und her zu flattern.

Was er Pomme im Grunde genommen vorwarf, war, daß sie ihn in eine Welt gerissen hatte, in der die Dinge über ihn herrschten. Wenn er an Pomme dachte, sah er sie stets mit einem Besen, einem Büchsenöffner, rosafarbenen Gummihandschuhen. Vor allem deswegen hatte er ihr gemeinsames Zimmer aufgeben wollen: um den Gegenständen zu entfliehen, die Pomme dort eingeführt hatte.

Aber er fand diese Gegenstände, oder doch fast dieselben, auch in seinem neuen Zimmer wieder. Da gab es ein Waschbecken, ein ausgebrochenes Zahnputzglas ... das sah ihn mit einer Art stummer, hartnäckiger Ironie an. Er flüchtete sich in die Bücher; aber selbst die Bücher konnten sich heimtückischerweise in Dinge verwandeln, wenn sie sich auf seinem Tisch türmten. Und dann war da die Putzfrau mit ihrem Wischeimer, der er morgens auf dem Treppenabsatz begegnete und die ihn ebenfalls mit dem Blick eines Gegenstandes ansah, wenn er an ihr vorbeiging. Ach ja, nicht jeden Tag war er imstande, seine Beisetzung im Panthéon zu verfolgen!

Eines Abends dann, ganz plötzlich, kam ihm eine Erleuchtung. Er hatte das Mittel gefunden, um seinen Streit mit den Dingen der Welt zu bereinigen. Er würde schreiben! Er würde Schriftsteller werden (ein großer Schriftsteller). Pomme und ihre Gegenstände würden dann endlich von seiner Gnade abhängen. Er würde nach Belieben über sie verfügen. Er würde aus Pomme das machen, was er sich von ihr erträumt hatte: ein Kunstwerk. Und dann würde er am Ende seiner Erzählung aufdecken, daß er Pomme wirklich begegnet war. Er würde sich darin gefallen, anzuerkennen, daß er sie nicht hat lieben können. Er würde seine augenblickliche Scham und seine kleinen Gewissensbisse umformen: Seine Schwäche würde zum Werk werden. Für den Leser wäre dies ein Augenblick intensiver innerer Bewegung.

Er schlief mitten in einem literarischen Cocktail ein, umringt von Journalisten und unter dem Surren der Kameras. Für einen kurzen Moment durchfuhr ihn ein Stoß Dankbarkeit gegenüber Pomme. Davon wäre er beinahe aufgewacht.

IV

Als wir uns getrennt hatten, die Spitzenklöpplerin und ich, da war es nicht das, was man einen Bruch zu nennen pflegt. Darüber hatten wir nicht nachgedacht. Wir sprachen niemals über die Zukunft.

Ich liebte die Spitzenklöpplerin sehr. Wir lebten Seite an Seite, aber wir hatten weder dieselben Angewohnheiten noch denselben Tagesablauf; wir sahen uns recht selten. Wir haben uns nie gestritten. Es gab keinen Grund zu Streit. Wir haben lediglich das Zimmer verlassen.

Ich ging für ein, zwei Jahre in die Provinz. Die Spitzenklöpplerin zog wieder nach Hause. Wir würden uns oft sehen, das war abgesprochen. Und dann sahen wir uns nicht wieder. Es gab auch gar keinen Grund zu einem Wiedersehen. Zumindest für mich. Aber auch sie, glaube ich, hat nie versucht, mich wiederzusehen. Mit dem Verlassen des Zimmers haben wir uns verlassen.

Ich erinnere mich noch genau an dieses Zimmer. Es gehörte zur Wohnung einer sehr alten russischen Dame, unweit des Trocadéro. Eine finstere Bude. Die alte Russin hatte nie neu tapezieren lassen können. Mit der Zeit waren die Bilder mit den Wänden verkrustet. Die Vorhänge verschmolzen mit den

Fenstern. Die Räume waren nicht schmutzig, sondern fossil geworden. Der Staub ging nicht weg, er war wie aus Stein. Man hätte ihn abklopfen müssen. Ich hatte mein Zimmer weiß gestrichen, sogar die Schmutzklumpen. Es wirkte wie eine Lehmwand.

Ich hatte als einziger die gesamte Katakombe der alten Dame besichtigen dürfen, weil sie eine Art Sympathie für mich hegte. Ich war ein Mieter, der keine Geschichten machte. Dank der Lateinstunden, die ich erteilte und denen sie hinter meiner Tür oft zuhörte, konnte ich pünktlich zahlen. Sie unterrichtete die Kinder aus dem Viertel in Russisch, aber ich glaube, sie beherrschte die Grammatik nicht mehr besonders. Französisch konnte sie auch nicht. Jedenfalls nicht flüssig. Sie verfügte über keine Sprache mehr, um sich auszudrücken. Von jeder hatte sie etwas gelernt und brachte nun alles durcheinander. Aber das war ohne Bedeutung, da sie ohnehin nicht gerne sprach. Nur was unbedingt nötig war, die Zahlen. Sie hatte sich auf neue Francs umgestellt, das war bei dieser fast kindisch gewordenen alten Frau bewundernswert. Und jeder Irrtum ausgeschlossen. Sie kannte die Worte, die sie brauchte, und deren Verwendung!

Kurzum, sie mochte mich. Sie hatte mir alle Zimmer gezeigt, auch ihre kleinen Tischläufer und ihre Nippfiguren. Was sie da alles hatte! Und keineswegs eingestaubt. Sie mußte diese Sächelchen jeden Morgen abgestaubt und gleichzeitig auch gezählt haben.

Als die Spitzenklöpplerin mit ihrem bißchen Gepäck zu mir zog, fürchtete ich erst, daß sich mein alter Drachen aufregen würde. Oder daß sie die Miete erhöhte, mir die Hölle heiß machte. Das sei, hatte sie mir erklärt, ein für allemal abgemacht! Keine Besuche, keine Geschichten. Vor allem keine Mädchen! Allerhöchstens meine Schülerinnen bis zwölf, dreizehn Jahre. Waren sie älter, wachte sie hinter der Tür. Ich spürte, wie ihr Blick durch das Schlüsselloch stocherte.

Die Spitzenklöpplerin jedoch hat sie gelten lassen. Ich war darüber wirklich erstaunt. Sie ging sogar soweit, ihr die Küche zur Verfügung zu stellen. Die beiden verstanden sich großartig. Es war eine wahre Idylle!

Die alte Dame wollte mit aller Macht den Vermittler spielen. Das war ihr Vergnügen, ihre Leidenschaft, ihr höchster Genuß. Abends brach sie mehr oder weniger gewaltsam in unser Zimmer ein. Sie wollte wissen, wie es uns ginge, ob wir uns auch nicht gestritten hätten (aber das ist doch nicht schlimm, völlig nichtssagend, das renkt sich von selbst wieder ein, ich hätte unrecht, mich hinreißen zu lassen). Dabei stritten wir uns überhaupt nicht. Sie griff unsere Streitereien völlig aus der Luft.

Wir haben sie zwei- oder dreimal eingeladen, sie sogar gebeten, mit uns zu Abend zu essen. Sie wollte nie. Trotz allem waren wir schließlich ihre Mieter. Nicht ihre Freunde.

Ich glaube, sie hoffte ein bißchen, die Spitzenklöpplerin und ich würden heiraten. Wenn wir wollten, könnte sie uns ein anderes Zimmer überlassen, hatte sie eines Tages gesagt. Sie hätte Platz genug, viel zuviel. Es blieben ihr immer noch fünf oder sechs Räume, für ihre Nippsachen, ihre Ikonen, ihre Trugbilder. Und dann hatte sie die Spitzenklöpplerin zu wiederholten Malen beiseite genommen und sie gefragt, «ob sie auch gut aufpasse».

Sie unterhielt sich mit der Spitzenklöpplerin lieber als mit mir. Bei mir mußte sie sich oft wiederholen. Und die alte Russin konnte es nicht ausstehen, wenn man ihr zu verstehen gab, daß man sie nicht verstand. Sie wiederholte nicht gern. Die Spitzenklöpplerin verstand alles. Mit ihr gab es keinerlei Mißverständnis: Ich hatte es erprobt.

Die Russin zeigte ihr Strickarbeiten. Die Spitzenklöpplerin wollte es gern lernen. Sie merkte die Anspielung nicht. Sie merkte nie etwas Schlechtes. Beide fertigten sie kleine Tischläufer an. Sie tranken sehr schwarzen Tee und aßen kleine Kuchen dazu. Sie erzählten sich irgendwelche Geschichten, ich frage mich, in welcher Sprache!

Als ich der alten Russin mitteilte, daß wir wegzögen, muß das ein schwerer Schlag für sie gewesen sein. Ich glaube, sie hatte sich an unser beider Gegenwart gewöhnt und bedauerte unseren Weggang mehr noch als den Ausfall unserer Mietszahlungen. Und der Gasrechnung, die wir beglichen, seit sie uns ihre Küche zur Verfügung stellte.

Ihr Geiz, der sie all diese Nippsachen, all diese Gegenstände um sie herum hatte ansammeln lassen, war für sie zweifellos eine Form, um sich gegen die Einsamkeit zu wehren, gegen die Größe ihrer Wohnung. Wenn jemand bei unserem Auszug, das heißt zum Zeitpunkt des Bruchs zwischen der Spitzenklöpplerin und mir, wirklich gelitten hat, so muß dies die alte Russin gewesen sein.

In der Folgezeit habe ich die Spitzenklöpplerin ein einziges Mal, Jahre später, wiedergesehen.
 Ich unterrichtete immer noch Latein. Auch Literatur. Fünfzehn Stunden in der Woche, zuzüglich drei, um die Raten für mein Appartement bezahlen zu können. Ich bin zu nichts anderem bestimmt.
 Und da erreichte mich eines Tages der Brief. Er kam aus Asnières oder Suresnes, ich erinnere mich nicht mehr so genau daran. Die Schreiberin berichtete mir, daß «ihre Tochter leidend gewesen wäre», daß es ihr jetzt aber schon viel besser ginge und sie «Besuche empfangen dürfe». Sie hoffe sehr, daß ich sie, wenn es meine Zeit erlaube, besuchen würde.
 Eine ganze Weile, wenigstens eine Minute, habe ich mich gefragt, wovon, von wem hier eigentlich die Rede war. Ich hatte ein Gedächtnis wie eine alte Essigflasche, die man schüttelt. Das rührt den Satz auf, der Inhalt wird trübe, undurchsichtig. Schließlich sortierte ich meine Erinnerungen. Ich hatte die Mutter der Spitzenklöpplerin nur einmal gesehen, aber sie hatte einen Stil, den man gleich wiedererkannte. Diese Art, sich auszudrücken, diese kindliche Kalligraphie, das konnte nur sie sein. Aber warum zum Teufel hatte sie ausgerechnet mir geschrieben? Ich hatte die Spitzenklöpplerin seit Jahren nicht mehr gesehen. Ich mußte doch aus ihrer Erinnerung ausgelöscht sein wie sie aus der meinen.

Es war so, als hätte ich mein eigenes Konterfei im Fotoalbum einer Familie entdeckt, die mir fremd war: hier der Großvater, da eine Nichte bei der Kommunion, dort die ganze Familie bei der Hochzeit des ältesten Sohnes. Und dann plötzlich unter all den anderen, unter diesen Fremden, das eigene Gesicht! Jawohl, ohne jeden Zweifel, das ist man! Sofern ... Da fragt man dann: «Und der hier, wer ist das?» – «Ach der, das ist ein entfernter Cousin. Er lebt im Ausland.» Die Seite wird umgeblättert, Gott sei Dank! Und da sind dann neue Leute, völlig unbekannt, völlig gleichgültig. Es war nur eine Täuschung gewesen, eine bloße Ähnlichkeit. Und kein anderer hat es bemerkt.

Aber trotzdem bedeutete dieser Brief, daß ich auf die eine oder andere Weise in dem Album, in der Erinnerung jener Familie, vorkam. Ich fuhr zu der angegebenen Adresse.

Das Krankenhaus bestand aus drei oder vier gesonderten Gebäuden inmitten von Bäumen, etwa dreißig Kilometer von der Hauptstadt entfernt, an der Straße nach Chartres. Es war im Juni; Besucher und Kranke saßen im Park auf Bänken. Ich setzte mich mit der Spitzenklöpplerin ebenfalls hin.

Ich hätte mich mit ihr im Urlaub wähnen können, in einem Thermalbad, mitten unter den anderen Kurgästen (manche im Morgenrock). Aber da war vor mir diese pathetische Magerkeit und dieser faszinierte Blick. Das kam aus einer anderen Welt, nicht aus der der Blumenbeete und des leise schwankenden

Schattens eines Zweiges direkt hinter dem Gesicht der Spitzenklöpplerin. Ich habe sie gefragt, seit wann sie hier sei. Seit dem Frühling. Und vorher? Vorher nichts. Nur ihre Krankheit. Sie habe nichts mehr essen können, falls ich verstünde. Es sei stärker als sie gewesen. Sie hätte schon gewollt, habe aber nichts herunterbekommen. Eine merkwürdige Krankheit. Man habe sie ins Krankenhaus gebracht, zuerst in Paris, dann hierher. Zur Zeit ginge alles gut; ich solle mich nicht beunruhigen. Aber ich beunruhigte mich überhaupt nicht darüber oder wenigstens nicht nur. Und ich forschte weiter: Und vorher? Was war denn geschehen? Sie wiederholte: «Nichts.»

Aber ich wollte unbedingt dieses «nichts» verstehen: den ganzen leeren Raum seit unserer Trennung, in dem sich die unendliche Einsamkeit dieses Körpers herausgebildet haben mußte, der nicht mehr von diesem Leben war.

Und auch wieder nicht! Es gab da nichts wirklich Neues. Nicht einmal jene Schwierigkeiten, die ich beim Sprechen empfand, während sich vor meiner Rede das Schweigen der Spitzenklöpplerin vertiefte. Ihr Äußeres hatte sich verändert, aber in dem Maße, wie die Erinnerungen an sie in mein Bewußtsein zurückkehrten, merkte ich, daß sich die Spitzenklöpplerin selbst nicht verändert hatte. Noch immer die gleiche Abwesenheit ihrer selbst, wenn ich zugegen war. Es schien sie zum Beispiel nicht traurig zu stimmen, in diesem Krankenhaus zu sein (aber ich hatte sie ohnehin nie traurig erlebt, früher). Sie war einfach fremd, anders, eine Gefangene, nicht des

Krankenhauses, nicht ihrer «Krankheit», sondern jener Entrücktheit, in der sie stets existiert hatte. War das ihr Irrsinn?

Ich habe über dieses «nichts» nachgedacht, wie sie es formulierte und das ich dennoch auszufüllen suchte, vielleicht mit anderen Abenteuern als dem, das wir zusammen erlebt hatten. Wie viele dieser «nichts» hatte es gegeben, die alle auf dasselbe hinausgelaufen sein mochten: ohne Aufsehen und ohne sichtbares Bedauern? Bis zu dem Tag, an dem die Spitzenklöpplerin aufgehört hatte, sich zu ernähren; an dem sie den Kopf von der trockenen und häßlichen Brust ihrer Existenz abgewandt hatte. Jetzt war ihre Verschanzung gegenüber der Welt total und voll verantwortlich geworden. Was bis dahin nur Versehen gewesen war, wandelte sich jetzt zur Verweigerung. Verweigerung seitens des Körpers, einer stummen Aufrichtigkeit.

Und jetzt waren da das psychiatrische Gutachten, die Häuser und dieses Halbdunkel der Gespräche unter den Bäumen zur Besuchszeit: Die Isolierung der Spitzenklöpplerin war nur zugunsten einer Isolierung anderer Art aufgesprengt worden. Schon zeigte sie dieselbe schüchterne, jammervolle, höfliche, vor allem sehr höfliche Miene wie die anderen Kranken. Und dann war da von Zeit zu Zeit das schnelle, gedämpfte Vorüberhuschen der weißen Silhouette eines Pflegers, ein Riß durch den Schatten.

Ich fragte die Spitzenklöpplerin, ob sie jetzt Nahrung zu sich nehmen könne. Sie lächelte geheimnisvoll und zog ein kleines Beutelchen aus ihrer Tasche, in dem sie die Tabletten aufgehoben hatte, deren Verabreichung sie sich hatte entziehen können. Sie ernähre sich vor allem hiervon, sagte sie mir. Ich machte ihr – gedankenlos – Vorwürfe, diese Medikamente nicht regelmäßig zu nehmen.

Ein Mann ging dicht vor uns und blickte uns prüfend an. «Das ist der Doktor», erklärte mir die Spitzenklöpplerin, «er behandelt mich.» Der Blick des Mannes war dem der Spitzenklöpplerin begegnet, hatte sich auf meinen geheftet (suchte er wie ich einen Schuldigen?) und dann abgewandt. Aber die Spitzenklöpplerin stand auf. «Ich werde dich dem Doktor vorstellen», sagte sie zu mir, plötzlich ganz fröhlich. Wir befanden uns erneut in einem Thermalbad. Sozusagen im Urlaub. Ich wurde dem Doktor von einem seiner Kurpatienten vorgestellt. Die Tabletten in dem Beutelchen der Spitzenklöpplerin gehörten gewissermaßen zu dieser Welt, so wie schwefelhaltiges Wasser zu trinken, im Schatten der Zedern zu plaudern, im Park spazierenzugehen, im Salon des Hotels Bridge zu spielen.

Die Spitzenklöpplerin lief ein paar Schritte auf den Doktor zu und rief ihn leise an. Der Doktor kam jedoch nicht zurück; er ging weiter, als hätte er sie weder gesehen noch gehört. Der Doktor wurde wieder zum Psychiater, zum Wächter. Man wirft den Tieren kein Futter hin. Die Spitzenklöpplerin setzte sich wieder auf ihre Bank, hinter ihre Glasscheibe, ihre Gitterstäbe.

Ich fragte sie, ob sie sich nicht gar zu ungeduldig

fühle, zu unglücklich, hier sein zu müssen. Sie entgegnete mir, daß ich ihr zum erstenmal eine solche Frage stellen würde. Sie mochte recht haben. Aber warum erinnerte sie sich so gut an mich, an uns? Sie erzählte mir von Spaziergängen, die wir seinerzeit gemeinsam unternommen hatten. Ihre Erinnerungen waren von außerordentlicher Genauigkeit: die Gelübde in der Seefahrerkapelle, die vorüberziehenden Schiffe, die Geschichte von Wilhelm dem Eroberer. Und ich hatte sie für gleichgültig, für unaufmerksam gehalten! Das alles ist für sie also wichtig gewesen?

Ich wurde von einem unerträglichen Gefühl der Schuld gepackt, als hätte ich ihren Irrsinn, ihre Magerkeit, ihr Eingeschlossensein bewirkt.

Ich habe das auszulöschen versucht, indem ich sie nach Männern fragte, die sie nach mir gekannt hatte. Sie hat mir mehrere genannt, hat von anderen Zimmern mit ihnen erzählt, von anderen Spaziergängen, sogar von Reisen, die sie gemacht hatte: «Du kennst Griechenland nicht, oder? Ich bin in Saloniki gewesen, weißt du?» Da legte sich meine Angst, vielleicht der einzige gewesen zu sein. Die Spitzenklöpplerin sah mich ein paar Sekunden mit dem Lächeln einer fast mütterlichen Zärtlichkeit an. Es schien mir, als hätte sie meine Angst erraten und Mitleid mit mir bekommen.

neue frau

Lange bevor man in einer breiten Öffentlichkeit über die
Situation der Frauen in der Männergesellschaft zu diskutieren
begann, veröffentlichte der Rowohlt Verlag die grundlegendsten
Werke zu diesem Themenkreis von Simone de Beauvoir,
Betty Friedan, Phyllis Chesler u. a.
Mit der Reihe „neue frau" wird diese Tradition fortgesetzt.

 Bücher, die einen Beitrag zur praktisch gelebten
Rollenbefreiung leisten können.   NDR

Eine Auswahl der bisher erschienenen Titel:

Marie Cardinal
Schattenmund
(4333)

Judith Beth Cohen
Jahreszeiten
Roman aus Vermont
(4313)

Colette
Blaue Flamme
(4371)

Margaret Drabble
Gold unterm Sand
Roman
(4262)

Barbara Frischmuth
Die Klosterschule
(4469)

Sarah Kirsch
Die Pantherfrau
Fünf Frauen in der DDR
(4216)

Violette Leduc
Die Bastardin
Vorwort von Simone
de Beauvoir
(4179)

Aïcha Lemsine
Die Entpuppung
Ein Entwicklungsroman
(4402)

Doris Lessing
**Der Sommer vor der
Dunkelheit**
Roman
(4170)

Vilma Link
Vorzimmer
(4382)

Margaret Mead
**Brombeerblüten im
Winter**
Ein befreites Leben
(4226)

Isabel Miller
Patience & Sarah
Roman
(4152)

Toni Morrison
Sehr blaue Augen
(4392)

Emma Santos
**Ich habe
Emma S. getötet**
(4161)

Herrad Schenk
Abrechnung
(4424)

Victoria Thérame
Die Taxifahrerin
(4235)

Maria Wimmer
**Die Kindheit auf
dem Lande**
(4291)

912/4

Gabriele Wohmann

Abschied für länger

Die Autorin läßt hier eine junge Frau über ihre unter tragischen Umständen gescheiterte Liebe berichten. Aus Gesprächen und Erinnerungen, aus Erdachtem, Erträumtem, Erhofftem ergibt sich ein Bild unserer heutigen Gesellschaft, in der die menschlichen Beziehungen zermürbenden Belastungen unterworfen sind.

Roman. rororo Band 1178

Ein unwiderstehlicher Mann

Gabriele Wohmann erzählt böse und schöne Idyllen des bürgerlichen Lebens, von Allerweltsmenschen in alltäglichen Situationen und von Frauen Ende Dreißig, die von der Gier nach Neuem erfüllt sind. Diese fünfzehn ausgewählten Geschichten gehören zu den großen Ereignissen der modernen deutschen Literatur.

Erzählungen. rororo Band 1906

Habgier

Mit diesen bitterbösen Kurzszenen aus dem Familienleben erweist sich Gabriele Wohmann erneut als eine der scharfsinnigsten Beobachterinnen der modernen deutschen Literatur.

Erzählungen. rororo Band 4213

Schönes Gehege

Was bestimmt das Maß des Glücks in der intimen Beziehung zwischen Menschen? Was wissen wir voneinander? Was verschweigen wir? Gabriele Wohmanns bisher persönlichster Roman erzählt von der Ehe eines berühmten Schriftstellers, der von den Ansprüchen der Öffentlichkeit immer wieder in ein häusliches «schönes Gehege» flüchtet.

Roman. rororo Band 4292

Böse Streiche / Das dicke Wilhelmchen

In ihren meisterhaften Erzählungen blickt Gabriele Wohmann hinter die aufgeräumten Fassaden unserer Alltagswelt, um dort seismographisch Frustrationen und Aggressionen transparent zu machen» (Pardon).

Erzählungen. rororo Band 4414

Rowohlt